Une gran

de Fréd

Mausolée
pour une
garce

*Un livre que vous lirez rapidement
peut-être ? Mais que vous mettrez
beaucoup plus de temps à oublier !*

En vente chez votre libraire
Vous ne le regretterez pas !

Prix : 129 FF

LE PÉTOMANE
NE RÉPOND PLUS

DU MÊME AUTEUR

Dans la même collection :

Appelez-moi, chérie.
T'es beau, tu sais!
Ça ne s'invente pas.
J'ai essayé : on peut!
Un os dans la noce.
Les prédictions de Nostrabérus.
Mets ton doigt où j'ai mon doigt.
Si, signore.
Maman, les petits bateaux.
La vie privée de Walter Klozett.
Dis bonjour à la dame.
Certaines l'aiment chauve.
Concerto pour porte-jarretelles.
Sucette boulevard.
Remet ton slip, gondolier.
Chérie, passe-moi les microbes!
Une banane dans l'oreille.
Hue, dada!
Vol au-dessus d'un lit de cocu.
Si ma tante en avait.
Fais-moi des choses.
Viens avec ton cierge.
Mon culte sur la commode.
Tire-m'en deux, c'est pour offrir.
À prendre ou à lécher.
Baise-ball à La Baule.
Meurs pas, on a du monde.
Tarte à la crème story.
On liquide et on s'en va.
Champagne pour tout le monde!
Réglez-lui son compte!
La pute enchantée.
Bouge ton pied que je voie la mer.
L'année de la moule.
Du bois dont on fait des pipes.
Va donc m'attendre chez Plumeau.
Morpions Circus.
Remouille-moi la compresse.
Si maman me voyait.
Des gonzesses comme s'il en pleu-
vait.
Les deux oreilles et la queue.
Pleins feux sur le tutu.
Laissez pousser les asperges.
Poison d'Avril, ou la vie sexuelle
de Lili Pute.
Bacchanale chez la mère Tatzi.

Dégustez, gourmandes!
Plein les moustaches.
Après vous s'il en reste, Monsieur
le Président.
Chauds, les lapins!
Alice au pays des merguez.
Fais pas dans le porno...
La fête des paires.
Le casse de l'oncle Tom.
Bons baisers où tu sais.
Le trouillomètre à zéro.
Circulez y'a rien à voir.
Galantine de volaille pour dames
frivoles.
Les morues se dessalent.
Ça baigne dans le béton.
Baisse la pression, tu me les gonfles!
Renifle, c'est de la vraie.
Le cri du morpion.
Papa, achète-moi une pute.
Ma cavale au Canada.
Valsez pouffiasses.
Tarte aux poils sur commande.
Cocottes-minute.
Princesse Patte-en-l'air.
Au bal des rombières.
Buffalo Bide.
Bosphore et fais reluire.
Les cochons sont lâchés.
Le hareng perd ses plumes.
Têtes et sacs de nœuds.
Le silence des homards.
Y en avait dans les pâtes.
Al Capote.
Faites chauffer la colle.
La matrone des sleepinges.
Foiridon à Morbac City.
Allez donc faire ça plus loin.
Aux frais de la princesse.
Sauce tomate sur canapé.
Mesdames vous aimez « ça ».
Maman, la dame fait rien qu'à me
faire des choses.
Les huîtres me font bâiller.
Turlute gratos les jours fériés.
Les eunuques ne sont jamais
chauves.

SAN-ANTONIO

LE PÉTOMANE NE RÉPOND PLUS

ROMAN

Qui ne saurait constituer une nouvelle suite
à *Autant en emporte le vent*

FLEUVE NOIR

© 1995 Éditions Fleuve Noir.

ISBN : 2-265-05641-3
ISSN : 0768-1658

A mon cher Antoine de CAUNES, à qui je voue un amour paternel, en lui souhaitant toutes les grâces auxquelles je pense, et toutes celles auxquelles je ne pense pas.

San-Antonio

Les Anglais sont les creux de nos reliefs.

Albert Benloulou

*

De nos jours, les cultivateurs sont cultivés et les exploitants exploités.

*

Indurain : le gérant du Tour.

*

INTRODUCTION

Comme il était frileux, il avait, à l'époque de son opulence, acheté un magnifique couvre-lit en fourrure de loup. Il en aimait le poids, la chaleur, et se pelotonnait voluptueusement sous cette masse de poils.

Au fil du temps, la peau avait contracté une sorte de méchante pelade qui la constellait de vilaines plaques jaunes. Il se consolait de cette usure en songeant qu'étant donné son âge avancé, la couverture lui survivrait.

Ce fut dans sa soixante-quinzième année que les premiers phénomènes commencèrent à se manifester.

Une nuit de pleine lune, il fut éveillé par les hurlements lointains d'une horde sauvage. Mais, parce qu'il faisait grand vent, il crut à quelque distorsion de son ouïe.

Il oublia l'incident jusqu'à la lunaison suivante, au cours de laquelle le phénomène se reproduisit. Il en alla de même tous les mois. Chaque fois, il était tiré du sommeil par les cris de plus en plus présents d'une meute de loups affamés. Ces cris discontinus étaient à la limite du supportable.

*Alors il se levait, écartait les rideaux de sa fenêtre
et ouvrait cette dernière en grand. Le silence reve-
nait sur sa banlieue résidentielle. Les villas entourant la sienne semblaient pétrifiées dans le clair
de lune. Il découvrait, au-delà des toits d'ardoise,
une large boucle de la Seine qui scintillait comme
du métal abrasé.*

*Cette vision tranquille ne le rassurait qu'à moi-
tié. Il mettait beaucoup de temps à se rendormir,
encore, son sommeil retrouvé, continuait-il d'être
perturbé par la horde forcenée.*

*Il en vint à appréhender les nuits de lumière
blême. Il crut prévenir le cauchemar en prenant
des somnifères les soirs fatidiques, mais le sortilège ne cessa pas pour autant.*

*Le moment vint où les fauves pénétrèrent jusque
dans sa chambre. Il voyait luire leurs yeux rouges
dans l'obscurité. Leurs cris féroces le plongeaient
dans des abîmes d'épouvante. Il se blottissait sous
sa lourde couverture où il étouffait.*

*Sa femme de ménage le retrouva égorgé, un
matin, sous le couvre-lit de fourrure poisseux de
sang.*

PREMIÈRE PARTIE

LE LOUP
DE LA PLEINE LUNE

1

J'EN AI MARRE

— Écoute-moive, tout p'tit : t'as aucune raison
d' deviendre neurastérix. T'es encore jeune pour
ton âge, t'as pas l' sida, ni l' crabe, ta gueule est
pas tellement à chier et sans êt' rupin, t'es pas fau-
chemane. T'es pas embourbé du calbute qu' j'
susse et j' me rappelle t'avoir vu tirer la Fernande
Dutilleul comme un pape ! Sûr, t'as pas mon intelligence, mais nanmoins tu fais av'c c' qu' t'as.
N'évidemment, t'es fringué comm' l' beau-frère à
l'as de pique ; slave dit, personne t'empêche
d'acheter des sapes de milord à « Tout pour Messieurs », boulevard Bonne-Nouvelle. Si tu voudre-
rais, tu pourrerais partir au Clube Merde et y l'ver
un' p'tite sœur à la chaglatte humide kif un œil d'
biche. T'as tout pour toive : t' sais même nager !

« Bon, ta bite. Je veuille qu'é soye en arc d'
cercle, mais quand tu fourres en l'vrette ça
s' connaît pas. N'au contraire, les gonzesses, ça
leur ramone mieux la moniche. E z'aiment ! T'es
français, tu votes et tu croives en Dieu. T'es pas
communisse, t'as pas d'ex-zéma non plus qu' d'

rhumatisses articulés, comme ton dabe. Dans dix-huit piges t' s'ras à la r'traite et tu pourreras faire la masse gratinée t't les jours fériés.

« Tu peux baiser ta concierge si l' guignol t'en direrait. Je veuille bien qu'é soye portugaise, qu'é fasse une décalcicification d' l' hanche et qu'é l'aye soixante-dix balais et mèche, mais é l'a l'œil fripon, croive z'en mon espérience. C'te vioque, é n' d'mande qu'à t' turluter l' p'tit colonel et t'acalifourcher su' un' chaise, quoiqu'av'c ta bite cintrée, ça n' doive pas s' prêter à la manœuv'.

« La vie s'ouv' d'vant toi, mec. T'as enville d'asperges ? Tu bouffes des asperges. Tu veux siffler un' boutanche d' Condrieu ? Tu l'écluses en tête à tête av'c elle. Même si l'idée t' biche d' te taper une pogne d'vant la photo d' Lady Di, rien t'en empêche : l'ivreresse est à toi, mon salaud ! Sais-tu parce que quoi ? Parce que t'es libre ! Allons, bon ! Qu'est-ce y l'a à chougner, c' bazu ? Tu t' plains qu' la mariée est trop belle ? »

Un silence tomba brusquement sur la diatribe. L'interlocuteur d'Alexandre-Benoît Bérurier murmura avec des infiltrations dans la voix :

– Je me plains qu'elle soit morte, Sandre.

Le Mastard eut un bref instant d'indécision ; il cherchait comment prendre l'argument à revers.

Il dit :

– Ça, j' t' concède, pour êt' morte, é l' est morte ; s'l'ment t'oublille une chose prépondérable, Augustin : personne n'y peut plus rien.

L'argutie fut inopérante sur le veuf. Ses larmes continuaient de couler.

Vaincu par la douleur de son ami, le Mammouth soupira.

— Mouais, c'est trop frais pour qu'on cause valab'ment. C'est vrai qu'on est z'encore dans l' cim'tière ; d'main, tu verreras l'existence autrement. Faut pas brutaliser l' chagrin.

Il empoigna le bras de son compagnon, voulant l'entraîner vers la vie.

Mais Augustin renâcla, refusant de s'éloigner de la tombe qui hébergeait dix-sept années d'un bonheur que le premier écrivailleur de mes fesses venu réputerait « sans mélange ».

— Je peux pas, je peux pas, larmichait-il.

Un agacement peu compatible avec la situation s'empara de Sa Majesté Béru.

— Voyons, Gustin, grogna-t-il avec le ton hargneux que prend un propriétaire face à son locataire insolvable, t' vas pas nous péter un' horloge biscotte ta mégère nous a bricolé un' embolie mal placée ! C'est tout d' même pas la p'tite sœur Machin de l'Immatriculée contraception qu'est en train de préparer la bouffe aux astèques ! J' veuille bien qu' ta Marthe fûte un' mousmé plutôt gentille, n'empêche qu' é s' gênait pas pour t' faire du contrecarre av'c Pierre, Paul, Jacques ou Alexandre-Benoît quand l'occase se trouvait.

Le veuf frais pondu s'arrêta et saisit le bras jambonnier de son compagnon.

— Tu dis ça par charité chrétienne ! soupira-t-il.

Lors, le Mammouth s'enflamma :

— Soye pas con hors des normes, Augustin ! Ta

gerce s' faisait tirer comme à la fête foraine ; on y
passait d'ssus kif si é s'rait été un pont à forte circulation. Moi-même, je m' l'embroquais à l'occasion. Tu veuilles la preuve ? L'avait un' trace
d'opération sous l'nombrille du ventr' et un' tache
brune av'c du poil aux intérieurs d' la cuisse, près
d' la chaglatte. J'mentis-je ?

Il considéra le désarroi de son pote, lequel avait
cessé d'être en crue.

Heureux de constater qu'il ne pleurait plus, il
posa sa main fraternelle sur l'épaule de l'ancien
cornard et nouveau veuf frais émoulu.

– Faut qu' tu doives la comprend', gars : biscotte ton asperge cambrée, t'arrivevais pas à la
limer normalement, et él' en souffrait, la chérie.
La l'vrette, mon lapin, c'est un estra, pas l' plat de
résidence ! Un' frangine a b'soin d'avoir l' bide de
son mec cont' le sien, sinon é désempare d'à
force, comprends-tu-t-il ? La dame qu'accueille
dans l' michier, é prend la temps-dure de ta
gueule. E veuille qu'on lui tire un' menteuse dans
la clape pendant qu'é pâmade ; c' t'humain, on
n'est pas des bêtes.

« Un truc encore qu'é se plaignait : tu lu brou-
tais jamais l' minou, paraissait qu' ça t'dégoûtait.
Alors là, mon pote, ça n' pardonne pas. N'importe
quelle fumelle, si tu y croûtes pas la chaglatte tout
en y filant deux doigts dans l'œil de bronze, é
complexe. Mais non, ta pomme, c'était la tringlette ouistiti ! Un' p'tite danse de Saint-Guy tout
en lu cramponnant l' michier, et allez, roulez !

« T'es à reprend', maille dire. La prochaine qu'
tu vas l'ver, faudra qu' tu fisses appel à moi pour
la mise en condition. J' te montrerai l' procès
suce : c't' un art. Quand t'auras pigé, tu d'viendre-
ras un pro, comme mézigue ; alors à toi les grosses
régalades ! »

Il parvint à entraîner son aminche. Au bout de
quelques pas, Augustin se retourna pour un ultime
regard à la tombe ouverte. Son chagrin prenait une
ramification imprévue. Il était désorienté par la
nouvelle de son long cocufiage. Une profonde
humiliation en résultait, qui gâtait sa peine sans la
diminuer.

– On va aller écluser d' la boisson fermentée,
décida le Gravos ; j'ai r'marqué un troquet, pas
loin d'ici, près d' l'église.

– Alors tu as couché avec Marthe ? bredouilla
le veuf.

– Jamais, j' te jure ! protesta le Mastard.

– Mais tu viens de me dire...

– J' la pinais su' vot' tab' d' cuisine, c' qu'est
mieux, question hygiène. Un coup d' pattemouille
su' la toile cirée après l' carnage, et tchao les
auréoles ! La merde, av'c les draps, c'est tout' ces
cartes d' giographie. Alors, quand j' livre chez les
potes, j' m'arrange qu' leur gerce aye pas d' frais
d' blanchirie afteur, question d' savoir-vivre.
Quand t'es galant, c'est pour la vie. Surtout qu'à
la déflaque, j' bats des records. Ta Marthe, chaque
fois, m'esclamait comme quoi él' avait jamais vu
un déchargeur d' ma quantité. Sauf un camionneur

qu'él' avait pompé pour l' remercier d' l'avoir
prise en stop et qui lu en avait balancé plein la
bagoule, n'au point qu'él' avait failli étouffer. Moi
j'préviens qu' c'est l'jet d'eau d' Genève. Pas s'
faire turluter en traître ; que sinon, les vaillantes
savent plus c'qui leur rarrive au déboulé. Si c'est
pour qu'un calumet s' termine par la ranimation
artificieuse, autant embroquer d'abord la mégère
et réserver la bouffarde du chef pour la deuxième
tournée. Ben, fais pas une frime pareille, Gustin ; à
t' voir, on croirerait qu'y t'est arrivé quéque
chose !

Ils parcoururent plusieurs centaines de mètres
sans parler. Leur voiture était restée sur la place de
l'église et il fallait se cogner près d'un kilomètre
pour la récupérer.

Ils suivaient une avenue de grande banlieue,
bordée de villas début de siècle, dont certaines
commençaient à fatiguer.

Soudain, comme ils passaient devant l'une
d'elles, plus harassée que ses voisines et de style
normand, ils furent foudroyés par un long cri de
terreur en provenance du premier étage.

Levant les yeux, ils découvrirent une jeune
femme à une fenêtre. Elle était cramponnée à la
barre d'appui et hurlait de manière complètement
hystérique.

Homme d'action, Bérurier abandonna son
compagnon pour se ruer dans la propriété. Le petit

parc était à l'abandon, les mauvaises herbes, les ronces et des lianes perfides en avaient pris possession.

Le Mastard se précipita sous la fenêtre où glapissait la fille.

– Ben, qu'est-ce y a, ma poule ? demanda-t-il.

La hurleuse était très brune, avec le teint bistre et de la moustache. Au lieu d'informer Béru de ce qui motivait son désarroi, elle continuait de glapir en tirant sur le haut de sa blouse qui pourtant ne lui comprimait pas les flotteurs.

Devant cet état de fait, le cher homme s'engouffra dans la maison par la porte-fenêtre entrouverte. Il traversa un vaste salon d'un autre âge, sinistre comme un parloir d'internat libre du début du siècle (l'autre). Les fauteuils crapauds jouaient aux fantômes sous des housses grises constellées de taches. La pendule était plus qu'arrêtée puisqu'elle indiquait six heures trente, la pire heure que puisse afficher une horloge.

Le gros Sac-à-nouilles passa dans un hall encombré de plantes vertes qui ne l'étaient plus par manque d'hydratation et s'engagea dans un large escalier de bois recouvert d'une moquette dont il ne subsistait que la trame.

Sur le palier du premier, une porte béait. Sa Majesté la franchit, ce qui l'amena dans une antique chambre à coucher où régnait une abondance de mauvaises odeurs. Cela sentait le vieux papier, l'humidité, la merde révolue, la pisse endémique et la crasse indétrônée.

L'ancillaire était toujours affalée contre la barre d'appui, couinant et hoquetant de plus rechef, les jambes en V majuscule à la renverse, le cul énorme et bourrelé, non pas de remords, mais de mauvaise graisse, les frisettes arrière tire-bouchonnantes.

Sans hésiter, l'officier de police A.-B. B. se précipita vers la fille en détresse et posa les deux mains sur ses épaules grassouilles.

– Allons, allons, ma puce, roucoula l'Obèse, criez-moi pas comme ça et disez-moi plutôt ce qui motive un' telle émotion chez un être que je pressens enclin à la sérénité d'ordinaire (il avait lu la phrase la veille dans le feuilleton du _Petit Saint-Locducien Libéré_ auquel il se trouvait abonné depuis vingt ans par taciturne reconduction).

La femme restait trop traumatisée pour répondre.

– Vous v'sereriez-t-il faite mal ? s'enquit le Plantureux. Ou bien aureriez-vous-t-il apprise un' mauvaise nouvelle ?

Mais il avait beau prendre la voix de Tino Rossi à ses débuts, ses questions demeuraient sans réponse.

– Faut pas qu'vous restassiez dans c't'état, ma p'tite mère, fit-il péremptoirement. V'nez t'avec moi, on va aller écluser un p'tit alcool ; doit bien y avoir un' boutanche d' quéqu' chose, dans c'te masure !

Malgré ses injonctions et son ton fervent, la grosse fille continuait de demeurer soudée à la barre d'appui.

A vouloir l'en arracher, Bérurier se frottait contre le joufflu de la gonzesse. Son érection se constitua sur-le-champ.

Homme de grande simplicité, dépourvu de problèmes métaphysiques, il retroussa la jupaille ancillaire et se trouva dès lors en présence d'une robuste culotte de coton rose dont la fille était devenue propriétaire pour la modique somme de dix-huit francs quarante dans les souks d'un grand magasin excentrique.

Sa frénésie fit péter l'élastique, lequel était de qualité inférieure, et le sous-vêtement chut sur les pieds de Graciosa avec l'indolence d'une bouse de vache parvenant à destination. Las ! le Dodu se heurta alors à un obstacle beaucoup plus péremptoire que le chiffon si aisément mis à la raison, à savoir que la personne de sa convoitise était tétanisée par la terreur, comme l'écrivent si simplement des confrères à moi dont le talent constitue une thérapie contre les aigreurs d'estomac, les règles douloureuses et les borborygmes incoercibles.

Sa Majesté, frustrée, tenta de conjurer à la main ce fâcheux blocage contrecarreur, mais il trouva sous ses doigts une chaglatte plus aride qu'un sol dont la nappe phréatique est tarie.

Un choc sourd le fit de retourner. Il aperçut alors son ami Augustin allongé la face au plancher. Sur l'instant, il crut que le veuf neuf venait de se prendre le pied dans le tapis, mais un autre spectacle, plus attractif, le mobilisa.

Le lit constituait une espèce de vitrine pour abattoir. Un corps presque nu y gisait de travers. Vision d'horreur, n'ayons pas peur des termes lorsque les circonstances commandent. C'était celui d'un vieillard en décharnance, qu'on supposait vieillard à cause des cheveux blancs, ensanglantés, sommant une tête à la face déchiquetée.

Le mort portait encore les lambeaux d'une archaïque chemise de nuit. Pas une partie de son corps n'avait échappé à une lacération minutieuse. On eût dit que des griffes puissantes – à moins que ce ne fussent des dents – s'étaient acharnées sur cet être sans défense.

Mille visions insoutenables assaillirent Alexandre-Benoît Bérurier. Il capta la rotule à nu d'un genou, le trou béant du bas-ventre et un vieux sexe en charpie. Il vit la gorge tailladée, la mâchoire pendante d'où sortait un dentier jaune encombré de flocons d'avoine, et frémit. Des veines arrachées sortaient du corps comme les fils d'un moteur d'auto en réparation. L'un de ses yeux, extirpé de son orbite, se trouvait à présent dans sa pantoufle droite. La literie, initialement blanc sale, était devenue d'un rouge bordeaux qui aurait intéressé le peintre Mathieu. L'urine avait coulé de la vessie crevée, le cerveau du nez, le gros côlon (ou, pour le moins, l'un de ses affluents) s'évadait du mort par le cratère d'un anus qui ne devait pas sa surdimension à la sodomie.

– Ben ma vache ! grommela Mister Béru qui possédait un lot d'exclamations adaptables à toutes les circonstances de la vie.

Réalisant que les vivants bénéficiaient d'une indéniable priorité sur les morts, il retourna à la servante et, comme elle était pratiquement soudée à son appui de fenêtre, il l'endormit d'un crochet du droit au temporal. Illico, elle perdit connaissance, ce qui, dans les conditions du moment, constituait une grâce du ciel.

Alexandre-Benoît n'eut aucun mal à la charger sur ses épaules mammouthiennes et à la coltiner jusqu'à une chambre voisine. Un lit non fait servait de charpente maîtresse à une colonie d'araignées. Béru allongea sa « protégée » sur le vieux matelas solitaire et glacé. Il ne put retenir un regard concupiscent aux cuisses pléthoriques offertes si largement à sa convoitise.

En queutard impénitent, il accentua la remontée de la jupe, ce qui le mit en présence d'un ardent buisson noir pareil au bonnet à poil d'un garde de la Couine.

– Putain ! C'te touffe ! soupira l'officier de police.

Il tomba à genoux devant un tel objet de convoitise, se fraya un parcours à travers la jungle intime de la fille, puis il entreprit une lente et complète exploration linguale de sa partenaire passive. Il y apporta tant d'application et de salive qu'il parvint, à force d'à force, à envisager une visite déterminante de mister Zobard au cressonnier pantelant.

Depuis un certain temps déjà, instruit des difficultés de dernière heure qu'il rencontrait avec ses

conquêtes, il transportait toujours sur soi un tube
de pommade goménolée, initialement prévue pour
le nez, mais dont l'usage pouvait s'étendre à des
orifices moins haut perchés.

S'étant préparé avec minutie le Nestor, il eut la
satisfaction de constater la parfaite réussite de son
projet. Malgré le k.-o. de la donzelle et son
absence de réactions, il arriva très vite à une heureuse conclusion. Étant homme de devoir, il la
laissa recouvrer ses esprits (lesquels n'étaient
point trop encombrants) à tête reposée.

Passant devant la chambre « fatale », il constata
que son vieil ami le jeune veuf venait de récupérer.

— T'es un' pure mauviette, Guste ! assura le
violeur de bonnes avec le sourire des hommes
forts qui sont capables de manger un sandwich
dans un crématorium.

L'interpellé se voila le regard, sans écarter les
doigts.

— Tu crois que c'est un assassinat, Sandre ?
demanda-t-il de la voix feutrée que prend une
dame pour téléphoner à son amant pendant que
son vieux regarde du foot à la téloche.

— Penses-tu ! ricana Bérurier. Il a dû s' faire ça
en s' rasant !

2

MARABOUT

Elle est maigrichonne, avec pas plus de niche-babes qu'une statue représentant la petite sœur Thé-rèse. Le teint blêmasse, la bouche pâlichonne, le regard quémandeur de rien. L'air pas très heureuse, si tu vois. Pas franchement malheureuse non plus. Une fille comme t'en rencontres des centaines de mille dans le *Gai Paris*. En la voyant, tu penses à la chanson *Les Roses Blanches*. Rien ne s'oppose à ce que sa maman soit morte tubarde et à ce que son géniteur soit « des messieurs qu'elle a jamais vus ».

En la matant, nue sur le plumzingue de cette chambre-à-se-vider-les-couilles, j'en viens à me demander quel sortilège a bien pu me pousser à la convoiter. Ses omoplates saillent comme des freins de vélo, ses hanches te rappellent certaines photos tragiques sur la libération du camp de Buchenwald ; et tu pourrais placer un gant de boxe entre ses cuisses tant elles sont écartées. Ça lui met la chaglatte entre parenthèses, pour ainsi dire.

On s'est rencontrés y a pas lurette. Elle contem-plait ma Ferrari 456 avec une solennelle dévotion.

« – C'est rare, les filles qui admirent les bagnoles », lui ai-je dit.

Elle m'a fait une jolie réponse :

« – Ça, c'est mieux qu'une bagnole. »

Je crois que ce sont ses pauvres fringues qui m'ont brassé le raisin. Elle portait un maillot de matelot à rayures marines et blanches, une jupe fendue sur le devant et sur le derrière, qui ne lui donnait cependant pas l'air pute.

Elle était à peu près propre, mais on devinait qu'elle n'accordait pas à sa toilette davantage de temps qu'il n'en fallait.

« – Ça vous plairait de faire un tour ?

« – Je ne peux pas dire non, c'est probablement l'unique occasion que j'aurai de m'asseoir dans une telle merveille ! »

J'ai remarqué qu'elle avait une légère coquetterie à l'œil droit, rien de fâcheux, ça lui donnait même un je-ne-sais-quoi d'aguicheur.

J'ai pris les voies sur berge, ensuite je suis allé chercher l'autoroute de Nancy et je lui ai payé des émotions en piquant une crise jusqu'à 300.

Elle gardait son dos rivé au dossier du siège et se cramponnait des deux mains à celui-ci. Quand j'ai décéléré, elle s'est mise à rire, d'un air heureux.

« – C'est fou ! » s'est-elle extasiée.

Une aire de stationnement s'offrait. Je l'ai enquillée. Elle était déserte, à l'exception d'un routier qui se payait un somme à bord de son monument à roulettes.

Elle m'a dit, tout en caressant le tableau de bord gainé de cuir blond :

« – Vous devez être très riche... »

« – Non, très dépensier. »

« – Vous êtes dans les affaires ? »

« – Oui, dans les louches. »

Elle m'a défrimé. Ça m'a donné envie de bouffer sa petite gueule de Cosette au rabais.

« – Vous avez pourtant l'air honnête », a-t-elle objecté.

« – Je cache mon jeu. Et vous, c'est quoi, la vie ? »

« – Je travaille dans un hôpital. »

« – Beau métier. »

« – Très : je passe la serpillière sur les sols de plastique, je sors les fleurs des chambres le soir et les ramène le matin quand elles ne sont pas flétries. »

« – C'est aussi bien que de déchirer des coins de billets dans un cinéma ou de vendre des pêches au marché, en mettant celles qui se gâtent sous le tas pour qu'on ne les voie pas. »

Elle a souri. Ses dents étaient menues et pointues kif si elle avait possédé trente-deux canines.

Puis elle s'est mise à toucher la peau de la boîte à gants, comme on caresse une joue aimée. Le panneau s'est brusquement ouvert, lui arrachant un cri de surprise. Elle a voulu refermer, n'y est pas parvenue car il faut claquer fort. Pendant qu'elle s'escrimait, elle a aperçu mon ami Tu-tues dans son holster. Il roupillait avec la sangle de cuir entortillée autour du museau.

« – C'est donc vrai que vous êtes gangster ? »

Elle ne semblait pas effarouchée, plutôt amusée. J'ai pensé que ce genre de fille est épatée par les truands et peut facilement devenir leur compagne.

Alors, pour dissiper tout malentendu, je lui ai sorti ma carte de flic.

« – La police ! »

C'est tout juste si elle n'a pas applaudi. Je lui ai cueilli le menton d'une main et l'ai embrassée à langue-que-veux-tu.

Elle n'était pas experte ; mais consentante, ça oui ! Je pense qu'elle aurait pris davantage de plaisir si ma condition de poulet ne l'avait impressionnée.

Mon autre paluche s'est glissée par l'ouverture de sa jupe. Sa culotte de coton était pauvrette, mais à essorer, ce qui était de bon augure. J'ai toujours préféré les figues fraîches aux figues sèches.

Une fois à l'hôtel *Extase*, j'ai pas déjanté, mais déchanté. Sans ses harnais, elle apparaissait maigre comme un chausse-pied. Des creux partout ! Fleur de Misère, tu sais ? Une peau d'un bistre grisâtre. Ses tifs n'avaient pas été lavés depuis ce fameux orage sur la région parisienne qui a failli noyer le métro. Des creux à chaque épaule, style portemanteau. Le nombril profond comme un tombeau. J'ai retenu un soupir. Moi, j'aime les formes, chez une fille, que ça soit ferme et lisse avec une cressonnière vigoureuse, genre casoar de saint-cyrien.

J'ai pris un des nichebabes dans ma main. Une

prune ! Trop mûre. J'aurais dû lui « faire les bouts de seins », c'eût été la moindre des choses, mais franchement ses cabochons ne me tentaient pas. Alors quoi ? La figasse ? Tu le sais, je compte parmi les meilleurs bouffeurs d'Europe (excepté en Angleterre où cette discipline n'existe pas), mais là encore j'avais d'angoissantes réticences. Je redoutais trop de tomber sur du pas très frais. Je l'ai donc entreprise par un toucher mignon : médius et index joints.

Ça ne la passionnait pas à l'extrême. Je suppose qu'elle attendait l'instant du chibre pour déferler de la craquette. Les gaziers qui la chargeaient devaient éprouver mes réticences et l'emplâtrer cosaque d'entrée de jeu, sans préliminaires mutins. Le panais, faut reconnaître qu'il n'est pas assujetti à des arrière-pensées. Il perpètre d'autor. N'ensuite tu te le briques dans le lavabo et il rentre dans ses foyers la tête haute, paré pour la prochaine manœuvre.

Pour l'instant, le mien restait convenable : une bandaison de savoir-vivre. Pas le boutoir défonceur, certes non, mais du chibre de bonne compagnie.

J'étais aux prises avec ma témérité et ma bonne éducation, lorsque ma mièvrasse partenaire a dit :

– Vous entendez ?

Du ton de la maman qui, pendant une tringlée matrimoniale, demande à son bonhomme s'il a fermé la lourde du garage.

– Quoi, ma puce ?

– On dirait une sonnerie...

J'ai tendu mes baffles. C'en était bien une, en effet : celle de mon bip.

J'ai laissé la frangine, la babasse béante comme une belon au soleil.

– Pardonne-moi, petite fille : un appel d'urgence.

Le baisodrome était équipé du bigophone, ce qui m'a permis de me mettre en contact avec le standard de la Maison Pébroque. Je me suis annoncé au préposé qui, illico, a vocalement rectifié la position :

– Mes respects, monsieur le directeur. J'ai un message prioritaire du principal Bérurier. Il demande que vous le rejoignassiez de toute urgence 23 avenue Marie-France Dayot, à Murger-sur-Seine, pour une affaire très très importante et presque capitale.

Un hymne de profonde reconnaissance s'élève en mon cœur. Sauvé ! Mais, Seigneur, que fais-je-t-il donc pour mériter Ta magnanimité absolue et, je l'espère, irréversible ?

Le standardiste ajoute :

– Bérurier a laissé un numéro où vous pouvez l'appeler.

Étant nu, je l'inscris dans ma mémoire où il va stagner des années durant avec la bataille de Marignan, la prise de la Bastille, la fête de m'man et la date de naissance du président par contumace Édouard Balladur.

3

BOUT DE FICELLE

La porte étant ouverte comme la braguette d'un vieillard incontinent, je pénètre dans la maison sans sonner. Me trouve dans un vaste et lugubre salon où Alexandre-Benoît est en train d'enfourner une Ibère à poils longs. Par-derrière, ce qui va de soi de la part d'un obèse de force 5 sur l'échelle de Richebide.

M'apercevant, il me complimente :

— Chapeau, mec ! T'as pas traîné ! Si j'aurais su qu' tu fererais fissa j'aurais pas emmanché c' t'Espanche pour la seconde fois, d'autant qu' c'est pas un' championne d' la tringle. J'eusse eu aussi bon compte d' calcler c' canapé sans qu'é soye d'ssus. Note qu' ça doit proviendre d' ses émotions d't'à l'heure qu'é semb' plus s' rapp'ler. Oh ! puis classe ! J' la finirai à un' date ulcérée.

« Escuse-moive si j' te demande pardon, Carmencita, mais j'ai école ! »

Il s'en va de la dame non sans élégance, s'essore Coquette avec la blouse de l'ancillaire et range le superbe membre dans son hangar à paf

dont la fermeture Éclair forme une succession de
« 8 » superposés.

– Alors, cette étrange affaire dont tu n'as pas
voulu me parler ?

– Faut qu' tu voyes ça d' visu, mec. Çui qu'a
pas maté un s'pectac' pareil n'a qu'à aller à
« Dînette Lande » pour s' donner des émotions.

Il me pilote au premier étage.

Un petit homme triste et sans mystère dégueule
en silence, assis sur la dernière marche de l'escalier. Il porte l'uniforme des veufs frais émoulus :
costard noir, chemise blanche, cravate perle.

Béru enjambe et l'individu et la flaque qui en a
consécuté.

– J't' présente Augustin, un pays à moi. On
vient d'enterrerer sa rombiasse : infrastructure du
myocar ; l'est tombée comm' un' merde, c' qu'est
plutôt rare chez les gonzesses.

Je ne perds pas de temps en condoléances
superflues : le gus ne les aurait pas appréciées à
leur juste valeur. La chance continue de m'escor-
ter car il libère une nouvelle fusée pile après mon
passage.

– Pour redescendre, note le Gros, on s' laisse-
rera glisser su' la rampe.

Au premier regard, je constate que le Mammouth ne m'a pas menti. J'ai rarement vu un
meurtre commis avec un tel luxe de cruauté. Il est
à ce point inhumain qu'on pense tout de suite à
l'attaque d'un fauve ivre de férocité. Le corps a

été lacéré totalement par des griffes énormes. Il n'en subsiste que des reliefs en charpie. Les os brisés saillent de toutes parts, d'un blanc jaunâtre. Les chairs ouvertes sont exsangues, dirait un petit ramoneur savoyard. Des nerfs arrachés, des intestins déroulés comme des serpentins, des lambeaux de vêtements nocturnes enfoncés dans d'immenses entailles ; ce misérable reliquat d'individu n'inspire même pas la compassion, tant il est saccagé.

— Tu comprends qu' mon pote aye la gerbe, hein ? fait Sa Majesté.

Je me détourne un instant pour fuir ce spectacle indicible. Vais à la fenêtre.

Un grand jardin en friche qui, jadis, s'est donné des allures de parc. La grille rouillée, sommée de petits pics en forme de hallebardes isole la vétuste propriété de l'avenue Marie-France Dayot [1] qui longe la Seine. L'air sent la glycine. Un clébard, du genre fox-terrier et qui ressemble à celui des Deschiens, renifle des murets au pied desquels quelques pissenlits tentent de s'organiser une petite vie banlieusarde.

La paix, la sérénité.

Soudain, je quitte la croisée pour fureter dans la pièce.

— Tu cherches quoice ? questionne l'Hélicon con.

— Du sang ! réponds-je.

1. Célèbre religieuse qui accompagna Godefroi de Bouillon à la première croisade et fonda le monastère du fleuve Nouar.

– T'en as pas suffisamment comme ça ?

– Justement, il y en a tellement eu de versé qu'on devrait relever des traces partout. Des litres de raisin ont été répandus, or, à un mètre du carnage, tout est impec.

– Exaguete ! approuve cette fonderie à turpitudes. L'assassin d'vait porter un' grande blouse et des pataugasses ; y les a posés après son sale turbin.

– Ça, dis-je, c'est exactement le genre de meurtre où Mathias va devoir fournir un boulot d'enfer. Va lui téléphoner. Dis-lui qu'il se pointe dare-dare avec le légiste. Et *achtung* : secret absolu jusqu'à nouvel ordre. J'ai pas envie de voir la presse à sensation se radiner. Surveille ton pote de l'escalier ainsi que la soubrette. Personne ne doit quitter cette crèche avant que soient opérées les investigations nécessaires.

J'embrasse du regard cette vision d'horreur. Je sais des canards qui douilleraient une fortune pour venir flasher un tel meurtre !

En couleur, ça paierait !

Je me déplace façon Pluto : le tarbouif au ras du sol, détecteur comme un compteur Geiger. J'ai beau mater, fureter, je n'aperçois pas la moindre tache de sang. De la poussière en pagaille, ça oui. Sinon, ballepeau.

Alors je m'emporte et ferme la chambre à clé.

Mon drame, c'est les odeurs, tu le sais.

Je suis un forcené de l'olfactif. La plupart des

gens ignorent que la vie est autant en odeurs qu'en couleurs. Eux ne reniflent que la merde et la cuisine qui la précède ; tout le reste, ils se donnent pas la peine, l'ignorent. Moi je suis « nez » ; pas dans les parfums : dans l'existence. Renifleur de première classe. Je donne dans le subtil, le ténu, le zéphir.

Mais à quoi bon te casser les roupettes avec ça. Tu te fais tellement vite tarter, sitôt qu'on s'éloigne de la calembredaine, du poilaunez, contrepet, pet tout court. Je sais tes limites. Chez la plupart d'entre toi, ton intelligence finit là où commence la nôtre. Mais ça ne fait rien, j'ai pris l'habitude.

Pour t'en reviendre, je renifle dans l'étrange demeure et j'y récolte des odeurs mal identifiables. Ça pue le fané, le tout-vieux. Remugles venus d'ailleurs et qui sont demeurés dans la vieille bicoque parce qu'ils s'y sont plu.

Par acquit de conscience, je visite toute la crèche, cave au grenier. Quatre chambres en décrépitude, pleines de meubles surannés mais qui n'ont pas encore de style. Les années 30. Fanfreluches crétines, de l'opaline, du noyer. J'aime les noix, étant natif de leur pays, mais pas les planches fournies par leur arbre. Son bois, sous forme de mobilier, a tout de suite un aspect petit-bourgeois. Même en cercueil, je déteste. Je suis chêne, moi. Voire sapin. Tiens : l'arole avec tous ses nœuds ! Je dédaignerais pas un pardingue taillé dans ce pin à chair rose. Et puis le nœud est mon emblème, non ?

Mais j'égare, je disperse. Ma tendance, dès qu'on cause. Les seuls reproches de mes profs de français : « intéressant, mais vous sortez du sujet ». Et comment que j'en sortais ! La littérature au cordeau, c'est pas mon fief. Ma pomme ? Toujours un pied dans la marge, voir ce qu'il va en consécuter. « Hep ! vous, là-bas ! » Les littératureurs fringués en gardiens de square. Interdiction de marcher sur les pelouses ! Te le font vertement savoir. Seulement j'ai toujours essayé de couper au plus droit en traversant les massifs de bégonias. T'as quelque chose contre, toi ? Ne me dis pas que t'es aussi con qu'eux (con-queue), ça me ferait éclater les varices.

Les piaules sont sinistres, raides sous une couche de poussière qui commence à les stratifier. D'intéressant ? Des photos peut-être, qu'auréolent d'humidité dans des cadres d'ébène rehaussés d'un filet d'or.

Ce qui me capte, d'emblée, c'est une profusion de gonziers en uniforme. Mais en y reluquant de plus près, tu t'aperçois qu'en fait il n'y a que deux mecs, pris à des âges différents de leurs destins. Les deux portent la tenue de « la Royale ». Ça passe d'enseigne de vaisseau à amiral pour l'un, d'enseigne à commandant pour l'autre. Ils se ressemblent. Père et fils, ça t'y coupes pas.

Çui qu'est en amiral est photographié au côté du président Vincent Auriol, qu'avait un fanal bidon et une bru aviatrice. Ils sont sur le pont d'un barlu de guerre, passant en revue une alignée de matafs vêtus de blanc. On trouve l'amiral du temps qu'il était d'un moindre grade, recevant la Légion d'honneur ou une bricole du genre, des mains d'un glandeur en civil qui m'est inconnu.

L'autre est flashé à son propre mariage. Tenue blanche, gâpette sous le bras. Son épousée de frais tient un chaste bouquet de fleurs d'oranger. N'a pas l'air fufute. Tu sais, en matant ce cliché, qu'elle prendra de l'embonpoint, que l'aviso se transformera en baleinière bien avant son retour d'âge. Sur l'instant, elle donnait dans l'illuse : tu pouvais l'espérer sylphide à vie, pour un non averti (ou un inverti) ; mais Bibi a l'œil. Des nichemards commak se muent fissa en doudounes. Les chevilles qui dépassent de la robe nuptiale ont de grosses attaches. Le cou va s'adoner d'un goitre.

Les gens, quand tu les regardes attentivement, t'aperçois leur futur en filigrane. Ton destin, l'aminche, c'est pas dans le marc de caoua que tu le lis, mais sur ta gueule. Il y est inscrit à l'encre pas sympathique, tu peux pas te gourer.

Dans l'ensemble, il n'y a presque pas de rombiasses sur les photos. Sauf un vaste double portrait en sépia qui représente un couple chenu. Les ancêtres de messieurs les officiers, je suppose. Le bonhomme est à demi caché par d'énormes moustaches blanches à la Clemenceau. Il a l'œil sournois d'un boa dans son vivarium. Sa mémé est maigrichonne, le menton casse-noix, les pommettes comme des freins de vélo. Elle porte une

coiffe bretonne en dentelle amidonnée et il y a
autant de poitrine dans sa robe noire que sur le
boîtier de ta Pasha.

– Qu'est-ce tu branles? grommelle l'organe
embrumé par le côtes-du-Rhône de mon Mammouth préféré.

– Je fais connaissance avec la famille,
réponds-je. Où est la femme de ménage?

– Dans le coltar.

– C'est-à-dire?

– La mémoire d' son singe nazé y est r'venue
et é m'a r'piqué un' crise. J' l'ai recalmée av'c un
taquet au bouc. C'est fou c' qu'é l' est émotion-
nante, c'te greluse.

– Il va falloir que je lui parle...

– Casse la tienne, on va y filer un' casserole
d'eau froide dans la poire, assure ce galant homme
tout en nuances.

– Et ton veuf?

– Y continue d' gerber. J' l'ai conseillé d'
s'installer dans les cagoinsses pour êt' mieux à
son aise. C't'un garçon d'originale paysanne,
comm' moive, mais lu, y n' supporte pas les émotions; faut dire qu' veuf, cocu, plus un cadavre
charpigné [1] sous les yeux, ça t'incite pas aux fri-
volités.

Ruisselante, elle suffoque, la Dolorès au rabais.
Ses tifs ardents et noirs sont plaqués sur sa tronche

1. Nous supposons que ce terme de *charpigné*, signifie pour
Bérurier, « mis en charpie ».

et lui composent un étrange casque pour divinité malgache.

Elle un regard qui accentue son type ibérique car c'est celui d'un *toro* que des banderilleurs viendraient de transformer en pelote d'épingles.

— Vous parlez *francés*, *señorita*? je lui demande avec ce ton de compassion qui est de mise lorsqu'on informe un vieillard qu'il vient de déféquer dans ses brailles.

— *Si!* répond-elle, (ce qui est bien une preuve, hein?)

Je caresse sa joue mal rasée tout en lui coulant une œillée qui aurait incité Staline à dissoudre la Guépéou.

— Vous ne craignez rien, ma jolie chérie, promets-je, nous sommes de la police, et si vous n'avez pas de permis de travail, nous vous en ferons établir un.

Son regard brille.

Je lui tends mon mouchoir afin qu'elle puisse essuyer son beau mufle armorié.

— Je sens que nous allons bien nous entendre, Pepita.

— *Si*, admet-elle, ma jé né m'appelé pas Pépita.

4

SELLE DE COURSE

Bon : elle ne s'appelle pas Pepita. Et alors ? Qu'est-ce que j'y puis-je-t-il ? demanderait l'Infâme.

J'ai pris place à son côté sur une bergère houssée et mis devant moi une petite table basse qui cherche à faire croire qu'elle est Louis XV avec l'énergie du désespoir. Sorti mon calepin au papier quadrillé, jauni par le temps (plus de trente balais que papa avait acheté un lot à un marchand ambulant dont la frite famélique l'avait apitieusé, je te le répète à chaque fois. Touchant !)

Je débute :

— Nom ?

— Maria Zozobra y Ponedora...

Elle va m'en déferler trois kilomètres sur la coloquinte, de quoi remplir les pages du vieux carnet, mais je lui déclare que ça suffit pour une prise de contact.

— Age ?

— Trente-deux.

La routine. Je déteste ces questionnaires d'identité qui font de moi un inquisiteur. S'ils savaient ce que je m'en torche l'oigne de leurs blases, et aussi qu'ils soient nés à Pétaouche ou à Zanzibar ! Mais pour les pièces officielles tu dois tout consigner. Crois surtout pas que je me désintéresse de mes prochains et prochaines ; y en a qui me passionnent, au contraire. Pas beaucoup, mais il en existe. Des que je serre sur mon cœur en leur susurrant comme quoi faut pas qu'ils se fassent chier, qu'on est un tout petit peu moins que rien et qu'il suffit d'attendre le grand couvre-feu final pour que les sales autres cessent enfin de nous tarabuster la prostate.

Je poursuis mon terrogatoire. T'en fais grâce. J'ai des conconfrères qu'en profiteraient pour tirer à la ligne. Moi, je préfère tirer un coup. Dans la nuance. Le slip de médème simplement écarté, c'est davantage fripon.

N'en fin de compte, l'Andaloche m'apprend qu'elle est native de Sotogrande où son papa entretient les golfs à poil ras. Elle vit depuis quatre ans dans cette aimable banlieue parisienne, en compagnie d'une de ses sœurs. Ça fait un an qu'elle gratte dans cette maison de l'avenue Marie-France Dayot. Le ménage, deux fois par semaine, elle fait. Le proprio s'appelle Martin Lhours. Il est veuf, peut-être a-t-il de la famille, en tout cas elle n'a jamais vu personne au pavillon. C'est un vieux kroum radin qui épluche ses notes d'épicerie et de boucherie quand elle lui fait ses courses. Il ne sort jamais. Une fois par mois, le facteur lui apporte de la fraîche résultant d'une pension. Elle a cru remarquer que ça représentait pas mal d'argent (mais les pauvres sont facilement impressionnables de ce côté-là). Nonobstant son avarice, le vioque se traînait un caractère de chiasse. Toujours à surveiller, ratiociner, houspiller. Si elle est restée douze mois au service (épisodique) de cet harpagon, c'est bien parce que les temps sont durailles.

Comment elle a découvert le drame, moussiou ? Eh bien, ce matin elle est venue, comme tous les mardis et vendredis. Elle a la clé parce que le dabe avait les portugaises ensablées. Elle a commencé par la cuisine, ce qui représente un travail infernal, le dabe accumulant la vaisselle sale dans l'évier. Ensuite, elle a aspiraté le salon. Puis ça a été le coup de chiftir dans l'escadrin. Arrivée au premier, elle a toqué à la porte de sa chambre, surprise de ne pas l'avoir encore vu, car il se montrait habituellement matinal. Cette lourde n'étant qu'imparfaitement fermée, elle l'a poussée. Et alors ! ET ALORS ! ! ! !

Bon, la voilà qui se remet à hurler comme une perdue ! A racler le tapis des talons ! A glisser de la bergère, dévoilant ses cuissots variqueux et sa tarte aux poils privée de culotte.

Attiré par la crise, Bérurier survient, nanti d'un seau de flotte dont il lui propulse le contenu en pleine poire. Maintenant il a le remède tout prêt. Question d'habitude.

La *señorita* Maria Zozobra y Ponedora, passa-

gèrement en panne d'oxygène, suffoque. Le Mastard termine sa thérapie de groupe par une mandale qui décollerait la tronche d'un rhinocéros.
Pour lors, notre petite camarade Poilopattes se
calme.

Ce que je ne puis me défendre d'admirer chez
Alexandre-Benoît Bérurier, c'est son profond sens
de l'humain. Il le sait bien, va, que la Police a
perdu quatre-vingts pour cent de son efficacité
depuis que les sévices corporels lui sont interdits.
La jacte, les malfrats n'en ont rien à secouer. Mais
jadis, quand ils se prenaient une tonne de marrons
plus ou moins glacés dans la gogne, ils retrou-
vaient le chemin de la rédemption sans perdre trop
de temps ni faire des détours inconsidérés. Alors,
le Musculeux continue de payer de sa personne et
administre des tisanes de phalanges, ce qui est une
méthode productive au niveau qualité-prix.

— Ça va mieux, gentille amie ?
— *Si*.

Elle ruisselle, ressemble à une vache noyée (en
moins expressif).

— Vous m'avez dit que Martin Lhours ne rece-
vait jamais personne ?
— Jamais, *señor* policier.
— Comment passait-il ses journées ?
— Il lisait beaucoup des livres.
— Et encore ?

Elle émet, du bout de ses grosses lèvres, une
imitation de pet qui ferait marrer un conclave de
cardinaux.

– Il se préparait à manger, la cuisine, il aimait faire. Et aussi, il buvait *mucho*. Deux fois la semaine, je ramenais une caisse de vin, du bordeaux château-ségur que j'achetais chez Nicolas. Il lui en fallait vingt-quatro bouteilles par semaine.

Je divise le nombre en rations journalières, ce qui fournit un quota de plus de trois boutanches quotidiennes. Pas mal, pour un presque octogénaire ! Il devait drôlement se maquiller de l'intérieur, l'ancien marin. S'asphyxier le tempérament au rouge noble.

– Écoutez, ma jolie brunette, j'aimerais savoir s'il avait d'autres habitudes. Par exemple, téléphonait-il souvent ?

Elle secoue la tête.

– Presque jamais.

– A qui ?

– Je *no* sais.

– Il recevait des appels ?

– Dépouis qué jé souis ici, peut-être deux, trois...

– Vous n'avez aucune idée de qui il s'agissait ?

– Non. Mais la dernièré fois, c'était le mois dernier, il semblait très colère. Il criait et il a raccrochaté.

– Vous ne savez pas à qui il parlait ?

– A ouné *mujer*.

– Vous êtes sûre qu'il s'agissait d'une femme ?

– *Si*. Il criait des injoures contre le téléphone, ensouite. Il disait « Pouta ! Salope ! Pétité merde ! » Il avait ouné crise. Il donnait des coups au téléphone.

– Alors qu'en général on donne des coups *de* téléphone ?

– *Si.*

– Vous ne l'avez pas entendu prononcer un nom pendant qu'il parlait ?

– Non.

Je griffonne quelques notes. La lumineuse servante passe sa main droite sous sa jupe pour se palper le moniteur.

– Lé gros, il m'a fait mal *con* son énorme affaire, gémit-elle. Vous savez comment il l'a, *señor* policier ?

– C'est un cas, éludé-je, comme si cela constituait un plaidoyer.

– Un vrai *caballo* !

– J'ai vu des chevaux moins bien fournis.

– Et il arrivé pas à se calmer la faim ! Deux fois, il me l'a mise, sa grosse trique. Vous ne pourriez pas lui dire que c'est assez ?

– J'essaierai de le raisonner, ma jolie.

– *Muchas gracias !*

– *De nada.*

Une petite zone de silence. J'essaie de rassembler ma gamberge, laquelle foire dans tous les sens. « Quelle affaire insensée », me dis-je entre quat'z'yeux. Je pense à quelque meurtre rituel, à cause de l'horreur dont il s'accompagne.

– Maria...

– Oui ?

– Je résume. Ce vieux pingre ne sortait jamais. Il lisait, cuisinait et buvait énormément. Vous fai-

siez son ménage deux fois par semaine et le facteur lui apportait sa pension chaque mois. Il recevait de très rares appels téléphoniques.

— C'est exact.

— Aviez-vous l'impression qu'il avait peur ?

La réponse est catégorique :

— *Si*.

Et elle ajoute tout de suite :

— A la pleine lune.

Cette affirmance incongrue (Ain-con-grue) me
file du 220 volts dans l'ognard.

— Comment cela ?

— Les jours de pleine lune, il disait : « Je vais
encore pas fermer l'œil la nuit prochaine. »

— Attendez-moi un instant.

Je bombe jusqu'à la cuisine où, naguère, j'ai
aperçu un calendrier des postes. Fiévreusement,
j'en arpente les colonnes du regard. Nous sommes
le 14. En face de la date, s'inscrit un minuscule
rond blanc. Seigneur, je manque d'air.

Cette noye était une nuit de pleine lune !

Dis-moi, mec, on va pas tomber dans le charla-
tanisme !

Tu nous imagines, à la Maison Poulaga, tenant
compte de telles foutraqueries ? Pourtant, il y a eu
des chiées de meurtres commis lors de cette phase
lunaire. « L'assassin de la pleine lune », sur les
cinq continents on en entend parler.

La femme de ménage toque à la lourde
ouverte :

— Vous permettez, *señor* inspector, que je

prenne un peu de beurre ? C'est pour me mettre sur la chattoune : ça mé broûlé.

— Je vous en prie, ma chérie !

Elle dépone le réfrigérateur et prélève une noix de *mantequilla* dont elle s'oint la connasse en pleurnichant.

— Ça mé broûle, ça mé broûle !

— Demain il n'y paraîtra plus.

— Mais c'est ce soir que je sors avec Juan, mon ami.

— Vous lui ferez une bonne manière pour lui compenser cette avarie de cul, ma puce. A ce propos parlez-moi encore de la pleine lune.

— Et quoi en dire, *señor* ?

— Le vieux la redoutait, dites-vous ?

— Terriblement. Il m'a même demandé dé venir dormir à la maison avec ma sœur, ces nuits-là.

— Et vous avez refusé ?

— J'avais bien trop peur.

— De quoi ?

— Ben... de sa peur ! S'il y avait un danger, j'avais pas envie de prendre des risques ! Déjà qu'il me payait au tarif minimum pourquoi je ne suis pas déclarée.

Elle sursaute, saisit ma main de la sienne graisseuse et la porte à ses lèvres, dans un élan de soumission éperdue et de profonde reconnaissance.

— *Gracias, señor* policier, *muchas, muchas gracias !* Si vous le voulez, et si vous n'avez pas la queue trop grosse, je ferai l'amour avec vous.

Là-dessus, on sonne en coulisse.

5

COURSE A PIED

Rapus, le légiste, est un petit fourchu habillé de maigre, pointu de partout (sauf peut-être de la bistougne ? c'est tellement capricieux, ces trucs-là). Lunettes à monture d'écaille, un creux dans le menton, à la Cric Douglas. Regard acéré. Quand il te mate, t'as la sensation de morfler deux banderilles dans le portrait.

C'est lui qu'arrive le preume, une sacoche à l'ancienne à la main. Il est en prince-de-galles à dominante bleue, porte une cravetouze rayée sur une limouille pervenche et sent « Cologne Sologne » de Patricia de Nicolaï, ce qui indiquerait qu'il est homme de goût.

Je l'escorte dans LA chambre. Pas une mauviette, le doc. En découvrant le corps saccagé, il a un froncement de sourcils et murmure :

— C'est un loup-garou qui l'a arrangé comme ça !

— Cette nuit, il y avait la pleine lune, ricané-je.

— Des photos ont été prises ?

— Pas encore, vous êtes le premier.

– J'ai ce qu'il faut.

Il extirpe, de sa valdingue à soufflet, un appareil photo sophistiqué.

– Il faut lui tirer le portrait avant que je l'entreprenne. Parce que ensuite...

– Ce n'est généralement pas de votre ressort.

– De nos jours, et de plus en plus, on décompose trop les besognes, monsieur le directeur. Un cloisonnement excessif est mauvais pour l'ensemble.

– Tout à fait de votre avis, docteur.

Bientôt, son Nikon crépite. Je m'écarte pour lui laisser le champ libre. Parfois, il marmonne des appréciations d'ordre professionnel.

Et puis le Majestueux entre en tornade, faisant claquer, jusqu'à la fendre, la porte contre le mur.

– Toubib ! il gronde, arrivez dare-dare, on a un problo.

Ma première pensée va à l'Espanche au fion embrasé. A-t-il voulu de nouveau abuser de cette malheureuse, lui craquant la charnière définitivement ?

Pas le temps de l'interroger : il déboule l'escadrin, se prend le pied dans un trou de la moquette et termine à dos-d'âne son parcours.

– J' m'aye foulé l'arête du mitan, assure-t-il en balançant un vent qui ridiculise les alizés.

Nous l'aidons à se redresser ; comme nous n'avons pas de grue dépanneuse, la manœuvre est longue. Boquillant, dirait Céline, il atteint le rez-de-chaussée où le légiste se met à palper cet animal défectueux.

– Il faudra que vous alliez passer une radio, mon cher !

Mais le sinistré rebuffe :

– Pour un' simp' gamelle dans un escadrin d' bois ! Un Bérurier ! Vous charriez, doc !

Il tente de clopiner mais doit renoncer.

– Ma Berthe m' f'ra un massage av'c du calva, déclare cette force de la nature ; chez nous aut' on n' s'est jamais soigné les luxures aut'ment. Si j'vous direrais, mon arrière-grand-dabe, Jean-Baptiste Bérurier, est tombé d'un échafaud d' dix mètes. Ben c'est grand-mémé qui a réduise sa fracture de la colonne dorsale av'c des attelles en châtaignier. E f'sait rabilleuse, au pays : un don. L' vieux s'est r'mis sans voir l' médecin. Bon, j' veuille qu'y marchait à l'équerre, n'ensute ; mais il avait déjà tendance, vu son âge. Qu'y mate l' sol d'un peu plus près, ça changeait quoi à sa vie ? N'au contraire, ça lu permettait d' r'trouver des trucs perdus. Si v' voudriez m'assesseoir dans c' fauteuil, là-bas, l' temps qu' j'récupérasse ? Merci ! Doucement ! Charogne, c' que j'en rote ! Laissez-moi pas aller trop fort. Moui, commak ! C'est gentille à vous, doc.

Il cale ses avant-bras sur les accoudoirs du siège et respire un grand coup.

– Si tu trouvererais un' goutte de quèque chose qui r'monte, Antoine, j' t'en saurerais un plein pot d' gré.

Je m'empresse d'aller fureter dans la cuisine et lui rapporte une boutanche de bordeaux tout juste entamée.

– T'es un frère ! me dit-il. Tu veuilles bien m' soul'ver le bras afin qu' j' busse à la régalade ? Moui, commak, douc'ment, j'aye élégamment meurtri mon épaule.

Grâce à mon affectueuse assistance, il biberonne le solde de la boutanche.

– Pourquoi étais-tu venu nous chercher ? m'enquiers-je.

Il marque un soubresaut.

– Putain d'ell' ! Av'c c' te chute ça m'était sorti d' l'esprit. Cours aux chiottes du reste-chaussé, Toine !

Je m'empresse. Ouvre la lourde desdits et reste abasourdi.

Auguste, le pote de Son Enfoirure, s'est pendu avec la tirette de la chasse d'eau, anormalement longue car, dans ces chiches anciennes, le réservoir est situé à plus de deux mètres du sol. Il est pudiquement tourné face au mur. Sa tronche est inclinée sur la droite, ses pieds sont en flèche.

– Aidez-moi, docteur !

Rapus soutient le veuf tandis que, monté sur la lunette des gouinssecas, j'arrache la chaînette.

Ensuite on étale le gars sur le carreau du vestibule.

Mon compagnon s'efforce de desserrer le lien de fer afin de rendre de l'oxygène au malheureux. Après quoi, il pose son oreille sur la poitrine du pendu.

– Comment slave va-t-il, les mecs ? crie le Mastard à la cantonade.

– Cela ne va plus, répond le légiste : il est mort.

Un silence.

Nouveau vent longue durée du Gros qui traduit l'intensité de son émotion.

Puis l'homme de Saint-Locdu de déclarer :

– Vous voudrez qu' j' vous dise ? C'est c'te baraque qui porte malheur !

6

PIED A TERRE

Jérémie Blanc qui s'est joint à Xavier Mathias, notre blondinet couleur coquelicot, me dit :

– Qui c'est, la gamine endormie dans ta Ferrari ?

– Une petite pécore qui s'est jetée dans mes bras, pour ainsi dire, et que je n'ai pas eu le temps d'embourber.

– Elle m'a paru mignonnette.

– Si le cœur t'en dit, je t'offre mon droit de cuissage.

Il semble ne pas prendre cette propose à la légère.

– Sans charres, grand ?

– Officiel. En repartant, raconte-lui que je suis coincé ici pour la journée et que tu vas la reconduire à Paname ; ce sera alors à toi de jouer ton va-tout !

Ses mirettes se mettent à tourniquer, comme les motifs d'un appareil à sous.

– Je te remercie, susurre-t-il de ses grosses lèvres à pneus ballon.

– Ça sera ton cadeau de Noël, ajouté-je ; je ne savais quoi t'offrir.

Il ricane :

– Tu t'y prends en avance, Noël n'est que dans sept mois !

– Comme ça, je suis certain de ne pas t'oublier, la date venue...

On plaisante, mais le cœur n'y est pas. Ça catastrophe trop autour de nous. La mort abominable du vieux, là-haut, nous hante. De telles visions sont difficiles à occulter. Il va me falloir en tirer des coups avant de me reconstituer un optimisme !

J'ai laissé embarquer le cadavre d'Augustin par Police-secours. Nos confrères, à ma requête, ont accepté de reconduire Sa Bérurerie béate jusqu'à son domicile car il est totalement bloqué des reins. Le légiste m'a confié, après son départ, qu'il craint fort que ce sac-à-poubelle se soit nazé une vertèbre. J'imagine mon pote dans une petite voiture électrique qu'il driverait d'un bistrot l'autre. Sale perspective !

– Elle est bizarroïde, cette affaire, murmure l'homme des savanes (dont il se fait l'écho).

– Très !

– Tu vois, les circonstances ont fini par me rendre aussi cartésien et con qu'un mec dit civilisé ; sinon je déclarerais que ce meurtre a une connotation surnaturelle.

– Tu penches pour un acte de sorcellerie ?

– Je n'ose pas te répondre oui, tu me traiterais d'anthropophage.

Il enchaîne :

– Quand tu découvres un être humain à ce point saccagé, démantelé, écorché vif, sans que son environnement soit ensanglanté, ta raison patine, non ?

– Je le reconnais.

J'ajoute, du ton qu'a pris mon camarade Galilée pour affirmer : « Et pourtant elle tourne ! » :

– Néanmoins il y a forcément une explication à la chose ; à nous de la découvrir.

Puis, lui présentant un feuillet de mon calepin :

– Voici les coordonnées du vieux, mon gentil Scandinave. Tu vas retourner à la Grande Boutique des Horreurs et remuer le monde entier et sa banlieue pour me dresser un curriculum complet de Martin Lhours. Je veux tout savoir de son passé et de ce que fut son présent jusqu'à cette nuit. Carrière, femmes, enfants, famille éloignée, incidents de parcours. C'est pas un rapport qu'il me faut, mais une biographie. Depuis quand habitait-il cette maison, ses revenus, ses placements, ses maladies. Tout ! Tu m'entends bien ?

– Et si je n'y parviens pas tout seul ?

– Prends des nègres !

Il a un sourire apitoyé :

– Et dire que des gens s'imaginent que tu as de l'esprit !

Deux plombes qu'ils usinent de concert dans la chambre, Mathias et le légiste. Je respecte leurs travaux. Excepté les cantonniers et les artistes, les gens détestent qu'on les regarde marner.

Pendant qu'ils s'activent, moi je furète, mais sans résultat.

Le vieux conservait tout son matériel à vivre dans sa piaule, façon grigou. Harpagon couve toujours son trésor, comme une poule ses œufs. Contrairement à ce que l'on imagine, il les met dans le même panier afin de mieux les surveiller.

J'attends donc avec impatience la fin de leurs explorations. Suis un poulain ivre de liberté qui brûle d'aller gambader dans le coral. Je sais que l'examen de la chambre funéraire sera riche d'enseignements.

Une ambulance se pointe pour venir embarquer le corps ; c'est le doc qui l'a convoquée avec son biniou portable.

Les deux brancardiers sont un peu pâlichons des genoux en redescendant l'escadrin. Celui qui ouvre la marche se prend le pied dans le trou du tapis qui a été fatal à Béru et se file un déval à plat bide, avec, en prime, le cadavre du père Lhours sur les rognons.

Une fois en bas, il ne peut plus se relever biscotte une fracture du bassin. T'admettras que la scoumoune est de rigueur dans cette turne ! Un malaise croissant m'empare.

On remet l'assassiné sur sa civière, on aide le chauffeur à le placer dans son fourgon ; après quoi on s'occupe de coltiner le fracturé auprès de lui.

L'ambulancier-chauffeur, loin de compatir au sort de son équipier, l'invective de première. Il le traite de « branleur », de « branque », de « manche à burnes ». Assure que ce gus est pédé. Qu'il exploite les pissotières. Qu'il joue lui-même au brancard, au lieu d'être simplement brancardier. Qu'il a probablement le sida (il n'est que de voir les vilaines plaques qu'il a sur les bras). Lui, Michel, refuse de le subir davantage en tant qu'équipier. La semaine dernière, n'a-t-il pas laissé tomber un col du fémur de quatre-vingt-douze ans sur le trottoir et, la veille de Noël, il a voulu allumer une cigarette chez un suicidé au gaz, cet archicrétin !

Enfin, ils repartent.

Jusqu'au carrefour suivant où, dans son énervement, le conducteur emplâtre un camion de la voirie.

L'irascible chauffeur d'ambulance est tué. Son acolyte s'en tire avec une double fracture de la jambe gauche, en supplément au programme.

Le mort, lui, est intact.

7

TERRE DE FEU

Voilà.

Nous sommes à présent seuls dans la maison, Mathias et moi. Il y règne une atmosphère morbide. On a l'impression de se trouver dans quelque sanctuaire satanique où le surnaturel peut se manifester à tout bout de champ, en se montrant toujours maléfique.

Une sale odeur rôde dans la chambre du crime malgré la fenêtre ouverte. Ça renifle le sur, le sang, la pisse froide, la décomposition universelle.

Je me laisse quimper dans un fauteuil voltaire avachi où le mort a dû passer beaucoup de temps. Ses lunettes déglinguées sont posées entre les pages d'un livre ouvert sur une table. Je m'informe du titre : *Connaissance de l'Au-delà*, d'un certain Absalon Durand, maître de conférences à la faculté des Sciences occultes de Château-Gontier.

La page de droite est cornée. Un trait d'ongle marque le papier à l'endroit où la lecture fut interrompue. Machinalement, je lis le dernier paragraphe :

« *Lorsqu'on se trouve en présence de manifestations répétitives, ayant lieu à des époques précises, celles-ci acquièrent en intensité et précision, au fur et à mesure que l'espace-temps se développe. Le moment arrive, inexorablement, où ce qui procédait de la vision péremptoire, devient réalité supra-réelle.* »

C'est sur cette déclaration que l'ancien officier de marine a pris congé du bouquin et, peu après, de la vie.

Je dépose le *book* sur le meuble.

Et puis tout à coup, une pensée me flashe le caberluche.

Je sors en trombe d'éléphant de la pièce maudite. Dévale l'escalier en prenant soin de ne pas me bicher une pattounette dans le trohu du tapis.

Tu sais quoi, Éloi ?

Je viens de te dire, à l'orée de ce chapitre sept (l'un des meilleurs que la littérature d'action ait jamais produit), que nous restions seuls dans le pavillon, le Rouquemoute et Bibi.

Erreur : j'oublie la femme de ménage espanche, la ravissante poilaupattée Maria Zozobra y Ponedora. J'espère qu'elle ne s'est pas fait la valdingue, cette pécore angora ; sinon tout le pays va apprendre ce qui s'est passé et on va avoir une déferlance cacateuse sur les bras. Déjà que les voisines immédiates jacassent dans l'avenue, alertées qu'elles furent par ce concours de bagnoles et ambulance devant une masure d'ordinaire sans vie.

— Maria ! hélé-je-t-il, en mutinant de l'inflexion. Où donc êtes-vous, belle et pileuse Andalouse aux seins flasques ?

Le silence me répond, comme écrivaient les romanciers début de siècle qui, je te le répète, avaient un beau brin de plume à se carrer dans l'oigne.

La garce ! elle a joué cassos, nonobstant mon interdiction. C'est pas beau de désobéir à un drauper-chef quand on ne dispose que d'un permis de travail rédigé par sa cousine. Je suis le contraire d'un teigneux, pourtant elle va m'entendre, la sans culotte.

Une fois en bas, je l'appelle derechef (d'orchestre).

Zob !

Je vais alors dans la cuistance, et de quoi m'asperje-t-il, Émile ? La porte donnant sur l'escadrin de la cave est entrouverte et de la lumière en sort.

Je la dépone en grand.

— Vous êtes là, Maria ?

Mon appel se coince dans ma corgnole.

Ben oui : elle est là, la gentille Espanche. Au bas des marches de pierre qu'elle a descendues à plat ventre, la tête en bas. Sa calebasse a éclaté sur l'angle du mur. Y a du sang en quantité. Rien qu'à la façon dont sa tronche repose, je réalise qu'elle s'est disjoncté les cervicales.

A pas précautionneux, je vais jusqu'à elle, impressionné par son regard fixe, empreint d'une indicible épouvante. Elle « s'est vue mourir ». Tu parles : un tel valdingue ! Combien de temps aura duré son plongeon : deux secondes à tout casser (si j'ose m'exprimer ainsi). Suffisamment en tout cas pour qu'elle soit hypnotisée par le ciment brut et la pierre qui attendaient de la réceptionner.

Désemparé, je remonte d'une traite jusqu'au premier. Dans la piaule, Xavier Mathias vient de stopper ses investigations.

— Qu'est-ce que tu calcules ? me demande-t-il en me voyant compter sur mes doigts.

— Le nombre de défunts et de blessés qu'il y a eu dans le secteur au cours de cette matinée : Martin Lhours, l'ami Augustin, un ambulancier et la bonne, en ce qui concerne les morts à part entière. Alexandre-Benoît Bérurier et un infirmier, pour ce qui est des blessés. Vois-tu, le Rouquinos, j'en ai vu des pas mal au cours de ma carrière, mais je trouve que là, on fait fort !

Pour allumer sa lanterne, sans avoir à enflammer sa tignasse avec une loupe et le soleil, je lui dresse un récit rapide et suce seins des récents événements.

— Tu es superstitieux ? murmure le Savant.

— Penses-tu, réponds-je en touchant du bois.

Cette maison de chiasse est pleine de soupirs et de craquements ; tu les perçois quand tu cesses de moufter ou de t'agiter. Tu éprouves alors une sensation de présences nombreuses et inquiétantes. Les murs commenceraient de se lézarder que je trouverais la chose normale !

Voyons, me morigéné-je, tu ne vas pas donner dans Nostradamus, gars. Les farfadets, c'est pas ta longueur d'onde. Faut s'ébrouer, chasser les vilaines sensations oniriques.

— On fait le point ? dis-je au chalutier en flammes.

Le maître du labo opine.

— Alors, je t'ouïs.

— Le légiste ne t'a rien dit ?

— Si : qu'il allait m'adresser son rapport. L'éternelle rengaine de ces messieurs. Je n'ai pas besoin de ses savantes conclusions pour que tu me fournisses le compte rendu de l'autopsie.

Il passe sa main blanche marquée de roux dans sa chevelure au néon.

— As-tu visité des musées consacrés aux armures, Antoine ?

— Cela a dû se produire, bien que je déteste les conserves.

— Il existe des spécimens ouvragés d'une grande beauté. L'armet de certaines, c'est-à-dire le casque, figurait une tête de monstre, voire d'oiseau de proie, et les gantelets qui allaient avec ressemblaient à des serres de rapace ou bien à des pattes de fauve.

— Tu penses que le meurtrier du vieux s'est servi d'un truc de ce genre pour le mettre en charpie ?

– J'en suis convaincu. Les profondes lacéra-
tions dont il a été victime ne peuvent qu'avoir été
exécutées par d'énormes griffes métalliques.

– Ce serait la première fois que nous serions en
présence d'un assassinat aussi singulier !

Mon docte reprend :

– Le légiste et moi pensons que la victime a eu
d'emblée la gorge arrachée et que les autres
sévices qui ont suivi ont été perpétrés sur un
cadavre.

– Un travail de dingue ?

– Possible ; à moins qu'il ne se soit agi d'un
meurtre sacrificiel...

– Tu ne trouves pas que ça reviendrait pratiquement au même, beau blond ?

– Dans un sens...

– Dans tous les sens ! Comment expliques-tu
que cette mise en charpie d'un corps n'ait pas
dégueulassé la pièce ? Il n'y a du sang que sur le
lit.

– Je suis persuadé que le criminel portait une
combinaison de mécano : j'ai retrouvé des fils
bleus sous les ongles du mort. Il avait dû s'équiper
de première : salopette, cagoule, chaussons de
mareyeur ; plus un drap ou quelque chose comme
ça qu'il a disposé autour du lit, avant de déchique-
ter l'ancien officier de marine. Ce forfait terminé,
il a rassemblé son matériel de dépeceur et l'a
emporté.

– Il a fouillé la pièce ?

– Probablement pas. Tout se trouvait en ordre,

voire dans un désordre familier au retraité. Le meurtrier est venu pour tuer, salement, bassement, mais uniquement pour tuer.

– Continue !

– Il n'a fait que précipiter la fin du vieillard ; le docteur Rapus a découvert que celui-ci allait claquer d'un cancer dans peu de temps car son foie n'existait pratiquement plus en tant que tel !

Je me renverse dans le fauteuil et, le regard perdu au plafond, je tente de coordonner mes pensées tumultueuses. Me dis que tout ça ne tient pas debout. Un gonzier se pointe à minuit chez le vieillard poltron ; se saboule pour une besogne salissante ; l'égorge et le saccage comme s'il entendait faire disparaître le corps dans la lunette des tartisses ! Et puis, plie bagage et s'emporte.

– La servante m'a déclaré que lorsqu'elle est venue prendre son travail, la lourde de cette chambre était entrebâillée.

– Et alors ?

– Écoute, Xavier. Imagine ce dabe qui a les chocottes au point de proposer à sa femme de ménage de dormir à la maison les nuits de pleine lune, tu penses qu'il ne va pas se barricader ?

– Peut-être l'a-t-il fait ?

– Tellement bien que le meurtrier pénètre dans sa demeure, puis dans sa chambre sans effraction ?

Je me lève pour aller examiner la serrure. Banale. Mais intacte. Si elle se trouvait fermée à clé, le bonhomme a ouvert à celui qui allait devenir son assassin !

— Pourquoi pas ?

— Tu réfléchis un peu, sous tes cheveux rouges ? Le daron claque de trouille, pourtant, à minuit, on fait toc toc à sa porte et il va déponer ?

— Si l'arrivant lui inspirait confiance ? 3Attends ! Attends ! s'écrie-t-il. Qui nous dit que le meurtrier est arrivé à minuit ? Pourquoi n'aurait-il pas été là bien avant à la demande du père Lhours ? Suppose que le retraité qui claquait des dents les nuits de pleine lune ait prié quelqu'un de l'assister ?

— Il aurait sollicité ce service de celui qui allait devenir son meurtrier ?

— Un jour tu m'as dit que dans notre job TOUT était possible.

A quoi bon ergoter ? Pourquoi les choses ne se seraient-elles pas passées ainsi ?

— Tu as fouillé dans sa panoplie de vieux kroum à la retraite ?

— Méthodiquement.

— Alors ?

— Il était assez riche, certains papiers de banque attestent des placements se chiffrant par millions de nouveaux francs.

— Tu es sûr ?

— Tu regarderas toi-même ; je n'ai pas établi le total, mais ça va chercher dans les vingt-cinq briques.

— Pas mal.

— L'une de ses banques lui assurait une mensualité de dix mille francs. Il y a également des quittances de location de C.F.; qui sait ce qu'ils renferment !

— De la famille ?

— Une fille qui a cinquante balais et vit sur la Côte d'Azur, au cap d'Antibes. Leurs rapports devaient être tendus car elle ne lui écrivait que pour mettre au point des choses officielles et sans user de formules affectueuses. Les bafouilles s'achèvent toutes par : « Croyez, père, en mes sentiments distingués. » Pas le genre saute-au-cou, comme tu peux voir.

— Bien, tranché-je, il est grand temps qu'on se fasse envoyer de la main-d'œuvre qualifiée pour une enquête au peigne fin. Moi je vais dire bonjour aux voisins.

8

FEU FOLLET

Je trouve qu'on n'a jamais bien écrit de la banlieue parisienne, de sa mélancolie grisâtre. Si :
Utrillo l'a peinte. Il a su restituer ses maisons bla-
fardes, suantes de mélancolie, ses rues qui
viennent de nulle part et qui y vont sans se presser. Y a une douce fatalité dans tout ça. Un ennui
qui s'ignore. Les destins sont plus chiants qu'ailleurs parce que plus tranquilles. Pas d'aventure,
jamais, mais un cafard gentil, rongeur, qui gri-
gnote tout, mine de rien. On y couve d'aimables
cancers, des asthmes irrécupérables, des infarctus
peinards, à peine cahotiques. La vie conduit à la
mort sans se presser. On y suit la marche du
monde avec beaucoup de recul dans les colonnes
du *Parisien Libéré*. La téloche du soir y fait moins
de boucan que partout ailleurs. Ici, la nature est en
pots. L'existence se déplace sur des patins de
feutre. On glisse les cartes postales qu'on reçoit
dans le cadre de la glace du salon-salle à manger.
Les adultères s'y perpètrent sans heurts ; seuls, les
enfants, de retour de l'école, mettent un peu d'ani-

mation passagère. Les graffitis y sont moins obs-
cènes qu'à Paris. On y vit à l'écart de ce monstre,
avec la conviction d'être épargné.

Les voisins « d'à côté » se nomment Margotton.
Pierre et Yvette, c'est écrit en anglais sur une
plaque émaillée et, sous leurs blazes, on peut
admirer encore un bouquet de pensées défraîchies.

On ne répond pas à mon coup de sonnette.
Pourtant il y a quelqu'un car la lourde est « grand
toute verte », comme dit le seigneur de Béru.

Je hasarde mon tarbouif dans une modeste
entrée que décorent un porte-parapluies de cuivre
ayant la forme d'une botte et une vue reproduite
sur écorce de liège représentant la Promenade des
Anglais dans les années 30. Un escadrin de bois
mène aux chambres, un vestibule à la salle à manger ainsi qu'à la cuisine.

Je vais pour lancer le célèbre : « Y a
quelqu'un ? » qui est la réplique incontournable de
tout usager aux entrailles turbulentes devant des
chiches fermés. Mais j'aperçois à cet instant une
chose inusitée au tournant de l'escalier... En l'eau
cul rance, comme je dis puis, il s'agit d'une rigole
de sang séché, d'un beau carmin noirâtre.

La curiosité me porte jusqu'à la sixième
marche, ce qui me vaut de découvrir une femme à
cheveux blancs qui, en guise de peigne, porte un
hachoir à viande sur le sommet du crâne.

« Putain ! me dis-je en espagnol, ça va continuer jusqu'à quand, ce carnage ? »

Personne ne me répondant, je me hisse jusqu'à

la morte (car la personne à la tronche fendue l'est de fond en comble) et vérifie le bien-fondé de mon estimation. Elle a passé de vie à trépas et ça n'a pas dû traîner car la lame du couperet est enfoncée dans sa coucourbe jusqu'à l'arête du nez, ce qui te prouve que le meurtrier n'y est pas allé avec une houpette de cygne.

J'enjambe la regrettée Yvette Margotton en franchissant quatre marches à la fois et poursuis mon exploration.

Un bruit rauque et lancinant me parvient de la pièce située au fond du couloir. M'y rends. Avise alors un vieux congre dans un lit de clinique très sophistiqué, avec plein de bistougnes électriques permettant de mouvoir cette couche par un simple jeu de touches. Le gonzier qui gît là n'a plus d'âge. Il est davantage que vioque, inrasé, égrotant, catarrheux, plombé, décharné, cradoche, nauséabond, glaireux, filandreux ; il a un œil tout blanc qui donne froid aux couilles, l'autre complètement tourné vers le Mont Palomar. Une mâchoire de saurien, des pommettes en cornes de taureau. Ses doigts noués sur son drap paraissent joints pour l'éternité.

Je me penche sur sa misère.

– Monsieur Margotton ! l'appelé-je gentiment.

Juste son râle qui me répond.

– Si vous m'entendez, battez des cils ! lui fais-je-t-il.

Mais autant lui demander de battre les tapis !

Je visionne son équipement et constate très vite

qu'on a débranché les tuyaux qui l'alimentaient en
ceci-cela. Pour te résumer la situasse, ce pauvre
lavedu est dans l'état où se trouve un mérou à
l'étal d'un poissonnier au lendemain de sa capture.

Que faire pour lui ? Quel pipe-line s'ajuste à tel
ou tel cathéter ? Et puis, à quoi bon tenter de rafis-
toler cet agonisant désormais seul au monde ?

Étrangement, un sanglot de gorge me vient. Je
voudrais pouvoir chialer sur l'humanité en déli-
quescence.

Me revoici sur le palier. Le cadavre de la
pauvre Yvette, avec son hachoir à entrecôte planté
dans la calebasse, me paraît infiniment ridicule.
Tout cela n'est-il pas à hurler de rire dans sa
démoniaquerie ?

L'existence est une louperie gigantesque. Un
coup foireux de première. S'agit malgré tout de
retrouver son équilibre. On doit tenter de vivre.

D'abord, d'où provient ce hachoir ?

Je retourne au rez-de-chaussette. Vais à la cuisine. Elle est douillette, bien en ordre, avec encore
des senteurs de pommes de terre nouvelles sau-
tées.

Bien que déjà ancienne, elle est équipée de
façon très fonctionnelle. Je note un plan de travail avec une batterie de coutelas aux lames étin-
celantes. Acquisition récente, sûrement. Les
ustensiles sont dessinés sur un fond blanc, afin de
faciliter leur rangement après usage. Un vide
ponctué d'une silhouette de hachoir confirme mes
doutes.

Bon, essaie de piger, Sana. Tu vas pas faire la brasse coulée dans la choucroute jusqu'à la Saint Monzob ? Le soleil luit et la vie s'offre à toi, déchiffre-la, bordel !

Question à dix francs :
Ces meurtres des époux Margotton sont-ils liés à celui de la maison voisine ?
Réponse :
Sans aucun doute.

Question à cent balles :
Pourquoi le meurtrier a-t-il pénétré chez ce couple de vieillards ?
Réponse :
Parce qu'il y a été contraint.

Question à mille points :
Pourquoi y a-t-il été obligé ?
Réponse :
Pour échapper à un danger.

Question à dix mille tickets :
De quel danger s'agissait-il ?
Réponse :
Quelqu'un le menaçait.

Mon raisonnement est aussi poussif que la manœuvre d'un pétrolier géant contraint à virer de bord sur le lac de Genève. Enculage de mouches en série, sans vaseline. Mais, putasse de sa mère, qu'est-ce qui nous choit sur la hure, soudain ? J'en ai plein les miches de la pleine lune !

Je me dépose sur un tabouret de cuisine et regarde par la fenêtre un jardin de banlieue échevelé. Depuis lulure, le père Margotton ne le fait plus. Il part en friche. La vioque, son seul apport à la culture, c'est un massif de rosiers auquel elle accordait ses soins. Poésie pas morte, elle ! J'avise un hérisson qui traverse l'allée centrale « mangée d'herbes », écrirait un romancier de mes burnes qu'aurait obtenu son B.E.P.C. avec mention. Qu'est-ce qu'il en a à branler, de nos superstitions, ce gentil mammifère ?

Tout à coup, je me cabre du cervelet. Ouvre la petite porte vitrée donnant sur le *garden*. Une bienheureuse excitation est venue m'arracher à ma torpeur. Je me sens, tu sais quoi ? Motivé.

Mon tarbouif pompe l'air de ce printemps finissant des bords de Seine avec délectance. Odeurs de foins, de roses trémières... Des hirondelles criblent le ciel de leurs traits sombres, très haut, signe que le temps va se maintenir au beau fixe.

Je m'approche de l'allée dont au sujet de laquelle je viens de te causer, tête basse, le regard rampant. Le hérisson s'est esbigné. Je lis des foulures de pas dans les plantes sauvages. Ces traces traversent le jardin jusqu'à une portelle de fer rouillé maintenue fermée par un cadenas. Je l'examine. Elle est haute d'un mètre quatre-vingts environ et il est visible que quelqu'un l'a escaladée récemment. Traces de semelles sur le métal rouillé et, beaucoup mieux : au faîte de la porte, je dégauchis un minuscule lambeau d'étoffe arraché d'un vêtement par la tête coupante d'un rivet desserré.

Tu parles si je chique à Poirot-Maigret. Récupère gentiment ces brins d'étoffe et les insère dans la gaine de plastique protégeant mon permis de conduire. N'ensuite de quoi, je franchis également, et élégamment, la porte qui ressemble à une toile de mon ami Oberto, ce grand peintre italien de Genève dont on saura bientôt le talent. Me trouve dans une ruelle banlieusarde piquetée de lampadaires évoquant les vieux becs de gaz d'autrefois. Elle va du centre de la localité (loque alitée) à un terrain omnisports. Elle est bordée, d'un côté, par les jardins des pavillons, de l'autre, par une sarabande d'immeubles de deux étages, d'apparence modeste, qui doivent abriter une population laborieuse. Un moment j'ai l'idée de faire du lourde-à-lourde pour m'enquérir du fuyard de la noye, mais je me dis qu'il est peu probable qu'un insomniaque se soit trouvé à sa fenêtre à cet instant précis.

En fait de quoi, je suis la rue du désenchantement irrémédiable jusqu'au terrain de basket où quelques beurs s'entraînent à mettre la main au panier.

Je les contemple, les écoute surtout, me dis qu'ils sont déjà français à part entière. Que la vie, c'est tout partout, que rien n'appartient à personne vraiment, sinon sa peau pour quelque temps, et encore n'est-elle qu'un travesti de location pour bal costumé chiatique.

Pendant que je les regarde s'escrimer en criant sur leur ballon, il me vient un vague sentiment de gêne que je connais bien. Il me biche chaque fois que je suis observé. Tout autre qu'un homme maître de soi se retournerait pour examiner les environs, seulement Bibi est un pro, ne l'oublie jamais. Un mec possédant son self à la puissance mille.

J'attends en imperturbant, puis j'ôte mon mocassin droit que je secoue comme s'il recelait un gravier endoloreur. J'en profite pour mater l'alentour de mon œil infaillible de faucon maltais. En quatre secondes, je retapisse une chignole remisée à cinquante mètres de là sous les ombreux platanes d'une petite place. Je repère un scintillement fulgurant. Quelqu'un m'observe avec des jumelles qui accrochent le soleil. Voilà qui me trouble grandement. Qui est cet observateur indiscret ? En quoi l'intéressé-je ? Est-ce ma qualité de drauper qui mobilise son attention ?

Posément, je remets ma godasse, suis un instant encore le jeu des basketteurs, et reprends ma nonchalante promenade. Elle me conduit en direction de la bagnole stoppée.

Chemin pensant, j'avise deux bancs de bois sous les platanes plantés en rectangle.

Ayant un plan d'action en tronche, je vais m'asseoir sur l'un d'eux, quitte mon soulier et chique au gazier qui a cru à un petit caillou intempestif dans un premier temps, mais s'aperçoit, dans un second, qu'il a affaire à un traître clou

ayant traversé sa semelle. Je ramasse une pierre
pour frapper l'incongru. En réalité, je prends, dans
la poche briquet de mon veston aux dimensions
anormales (mais je porte du sur mesure) un feu
extra-plat qu'un armurier bricoleur de mes relations a conçu et réalisé spécialement pour ma
pomme. L'arme, à peine plus grosse qu'un tire-
bouchon de garçon de café, virgule des bastos de
3,5 mm qui, en aucun cas, n'auraient permis de
gagner la bataille d'El-Alamein, mais t'aplatissent
les pneus les mieux gonflés. Le bruit des détona-
tions est insignifiant ; je sais des loufes de Béru
plus riches en sonorités.

Positionné de biais sur mon banc, avec ma
godasse comme support, j'ai le regret de placer
mes brimborions de plomb dans la gomme surchoix d'une élégante Safrane Renault noir métallisé.

Un rêve ! Les boudins n'éclatent pas mais se
vident rapidement, mes projectiles miniatures leur
ayant infligé des plaies irréparables.

Le plus jouissif, laisse-moi te faire gondoler : le
conducteur ne s'est rendu compte de rien. Faut
que je te le précise : il a branché sa radio, laquelle
émet un pacsif de décibels (que le Mastard appelle
des jézabels, ce qui est le nom de la maman de
mon cher Jacques Attali de l'Académie française
en perspective).

Bibi, tout son moral récupéré et donc requinqué
de la cale à la dunette, se rechausse et quitte son
banc. Cette fois, je marche droit à la bagnole.

L'observateur s'en rend compte et, se constatant débusqué, lance le moulin pour opérer une décarrade digne d'Universal Film. Las ! au bout de cent mètres sur les jantes, sa caisse se met à zigzaguer. Il veut en pousser la vitesse, bien qu'elle soit déchaussée, mais ce genre de tentative n'a jamais donné de bons résultats, à ma connaissance, Alain Prost te le confirmera.

Après une série de zigzags sur les pavés ronds, à l'ancienne, de la chaussée, il coupe les gaz et sort de sa caisse précipitamment.

Il commence déjà à fuir, seulement j'interviens.

— Non, cher monsieur ! lui lancé-je sans presque hausser le thon, comme disait une morue. Ce qui vient de se passer pour vos pneus est tout à fait applicable à votre personne.

C'est mon calme enjoué qui le stoppe, tu ne m'ôteras jamais ça de l'idée. Donc, il sort les aérofreins et me fait face.

Il s'assagit d'un zigus d'une trente-huitaine d'années (ou damnée), plutôt chauve, plutôt blond, et extrêmement mal à l'aise. Il est bien sapé : costard, limouille blanche, cravetouze rayée. Il porte des lunettes sans monture, aux branches dorées, et un reliquat de furoncle sur la pommette droite. Son regard est clair, dur et cependant craintif. Il semble aussi emmerdé qu'un mec qui aurait avalisé pour cent millions de traites à un ministre démissionné.

— Qu'est-ce qui vous prend ? me rebuffe-t-il. Je ne vous connais pas !

– Moi non plus, admets-je, mais justement ça va être l'occasion rêvée d'échanger nos cartes.

Et de lui présenter la mienne.

– Je vous ai infligé un préjudice quelconque ? il me fait.

– Vous me surveilliez à la jumelle.

– Serait-ce un délit ?

– Qui sait ?

Et puis les nerfs me bichent sans crier S.N.C.F. J'ai des crises, parfois.

Je lui emmanche un pain de trois livres sur sa pommette intacte, laquelle se fait un devoir d'éclater. Après quoi, j'essuie ma rangée de phalanges ensanglantées sur sa belle régate.

– Ça, oui : c'est un délit ! assuré-je froidement.

Qu'aussitôt, je lui offre les bracelets de la Poule.

Sonné, hébété, il se met à marcher devant moi sans piper. Quand il a tendance à ralentir, je lui place un coup de genou dans les noix, rien de plus démoralisant pour un type.

Des gens qui déambulaient nous regardent, interdits.

On marche dans le soleil de juin.

Où sont passés les loups-garous ?

9

LAIT DE VACHE

Le bigophone !

Pile comme je regagne la maison du défunt capitaine au long cours, avec mon prisonnier en guise de bouclier.

Je décroche.

— Oui ?

C'est le Négus...

— Je suis à pied d'œuvre, m'annonce-t-il. J'ai commencé par le ministère de la Marine et ç'a été tout de suite juteux.

— Vas-y, Dudule !

— Ton père La Cerise a mal terminé sa carrière d'officier puisqu'il est passé en conseil de guerre et qu'il a été destitué avec radiation sans solde de la Marine. Ça s'est déroulé en 1964.

— Motif ?

— Il aurait couvert un trafic de drogue qui se serait opéré à bord du bâtiment qu'il commandait. Il a nié éperdument ce qui, je pense, lui a évité une peine d'emprisonnement. Les deux marins qui se livraient à cette besogne lucrative ont été retrouvés noyés dans la rade de Toulon, et n'ont pu, de ce fait, déposer. Compte tenu des états de service de son père qui fut amiral d'escadre, l'affaire a été plus ou moins mise sur une voie de garage. L'amiral qui vivait encore à l'époque est mort peu après, miné par le déshonneur...

Jérémie reprend son souffle, puis, à nouveau, la parole :

— Sur le plan familial, il était marié avec une personne de la noblesse nantaise, une demoiselle de Magonfle, Adèle, dont il n'a eu qu'un enfant : une fille prénommée Antoinette qui ne s'est jamais mariée et qui vit à Antibes. Lorsque l'affaire a éclaté, la femme du commandant Lhours, qui vivait dans cette maison, s'est immédiatement séparée de lui et a été s'installer à Antibes, dans la demeure qu'occupe leur fille actuellement. Elle a démarré peu après une maladie d'Alzheimer qui l'a emportée une quinzaine d'années plus tard.

Un temps de récupération, puis mon sombre adjoint déclare :

— C'est tout pour l'instant.

— Pas mal. Tu as l'adresse de la fille ?

Le *all black* récite, sans hésiter :

— Chemin des Sœurs Karamazov, cap d'Antibes, villa « La Pigne de Pin ».

— Sais-tu que tu es un auxiliaire plus que précieux, Ophélie ?

— Si tu l'affirmes...

— Comment vont tes nouvelles amours ?

– Lesquelles ?

– Avec la petite greluche qui poireautait dans ma bagnole ?

– Ah ! la petite salope ? Elle n'a rien voulu savoir pour me suivre.

– Raciste ?

– Au contraire : elle m'a avoué qu'elle aurait bien aimé tenter une expérience avec un *colored*, mais qu'elle avait un coup de foudre terrible pour toi et qu'elle attendrait ton retour aussi longtemps qu'il le faudrait. Que veux-tu que je te dise, Antoine, tu es un don Juan auquel on ne peut pas se mesurer. A ta place, je la tirerais ; tu risques de tomber sur la bonne surprise.

– Merci du conseil, dis-je. Continue de chercher dans la même direction, camarade ; il y a des filons qui méritent d'être exploités jusqu'à la dernière veine !

Je raccroche.

Le Rouquemoute qui poursuivait son suif dans le carré du capitaine débouche, en surexcitance.

– Ah ! Antoine, figure-toi...

Je le minéralise d'une prunellée d'acier.

– Je suis à toi dans quelques instants, beau blond.

Sans vergogne, je glisse ma dextre dans la veste du binoclard et pêche son larfouillet dans sa vague.

– Ne vous gênez pas ! gronde-t-il.

– Pensez-vous !

Et je lui place un coup de boule dans le renifleur. Il pavoise illico.

Je ne comprends pas ce qui m'arrive, avec ce gazier. C'est vrai qu'il ne m'a rien fait, sinon m'observer, ce qui n'a jamais constitué un forfait punissable ; cependant, d'entrée, j'ai eu vocation de le massacrer. Quelque chose d'impondérable (de lapin) qui me titille la nervoche.

Ce sieur se nomme Igor Makilowski, né à Odessa. Ingénieur chimiste domicilié à Marseille, rue de Paradis.

Mon bourre-pif lui amène des larmes qui me font autant de peine que la dernière crise d'éthylisme de Boris Eltsine, lequel n'a qu'un ennemi déclaré : les escaliers.

— Vous voudrez bien me pardonner ces gestes d'humeur, me rasséréné-je-t-il, mais il se trouve que le quartier grouille de cadavres, si j'ose une telle métaphore. Parlons plutôt sereinement. Que faites-vous dans les parages ?

— C'est mon droit, non ?

Je lui assure un crochet à la pointe du bouc qui lui vaudra plus tard des déprédations dans sa denture.

— C'est votre droit, et ça, c'est ma droite ; on poursuit ?

— Vous ne devriez pas me frapper !

— Hélas non, mais quand une bêtise est commise, un peu plus, un peu moins, c'est du pareil au même.

Et là, il déguste un ramponneau au plexus qui le fait tomber à genoux. Et comme il est en prière, kif s'il se trouvait dans la grotte des miraculades

de Lourdes, j'ai une soudaine illumination. Je fais
un signe à Mathias et approche mes lèvres délec-
tables du cérumen abject qui lui sort des coquil-
lages.

— Va à la tire de ce mec qui se trouve à deux
cents mètres à gauche en sortant : c'est une grosse
Renault avec les deux boudins arrière crevés. Tu
la fouilles avec ta méticulosité proverbiale, O.K. ?

Il opine, puis soupire :

— J'ai des choses à t'apprendre.

— Dans quelques minutes je te tendrai une
baffle grande comme une antenne parabolique,
Xavier.

Vaincu par ma volonté dominante, il s'emporte.
Tu croirais un gamin qu'on envoie en courses.
Autrefois, p'pa me dépêchait au bureau de tabac
pour lui acheter des Gauloises bleues. Un soir
d'été, j'ai trouvé l'air si doux, le jour si lent à
mourir, que j'ai musardé plus d'une plombe dans
les rues avant de rentrer. Féloche était aux cent
coups. Mon dabe m'a filé une mandale, mais j'ai
rien regretté. J'avais la tronche pleine de ce cré-
puscule languide, avec ses bruits différents de
ceux de la journée.

Je considère le tuméfié aux lunettes d'or qui
tente d'étancher son sang avec sa pochette, malgré
ses mains entravées.

— Vous savez quoi, monsieur Makilowski ?
Depuis un moment je cherche à trouver une raison
à mon attitude violente. Je n'ai pas pour habitude
de châtaigner d'emblée un homme que je ne

connais pas. Je ne suis pas paranoïaque ; enfin, pas trop. Par contre, il existe en moi une espèce de sixième sens qui m'avertit lorsque je me trouve en présence d'un être particulièrement malfaisant. Je suis comme le papier de tournesol qui change de couleur sous l'effet d'un acide. Mine de rien, vous êtes l'acide au contact duquel je deviens rouge. A priori, vous paraissez être un homme passe-partout, qui fait plutôt bonne impression. Et cependant je capte certaines ondes qui se dégagent de vous et affolent mon compteur Geiger intime. Vous ne trouvez pas la chose étrange ?

Il hisse ses poignets à la hauteur de sa bouche pour tamponner ses lèvres marquées de sang, elles aussi.

Puis il dit :

— Pardonnez-moi, mais n'auriez-vous une nette tendance à la fabulation ?

— Exact, et c'est ce qui fait ma force dans un métier où la plupart de mes confrères se montrent trop cartésiens.

Mon « souffre-douleur » tente un vague sourire et se relève.

— Vous pouvez vous asseoir, lui-montré-je-t-il-une-chaise.

Il recule et pose son arrière-train dans un fauteuil houssé. Moi je mate un zize perché sur une branche de pêcher. L'oiseau essaie de regarder à l'intérieur de la maison. Il bat la mesure avec sa queue, kif ma zigounette au réveil.

— Vous ne voulez pas me révéler pourquoi vous m'observiez à la jumelle ? Parce que je suis flic ?

– Ça, je l'ignorais, lâche-t-il spontanément.

– En ce cas, qui pensiez-vous que j'étais ?

Il hausse les épaules. M'est avis qu'il n'en cassera pas une de plus.

Pourquoi ai-je la certitude de vivre un instant important, presque capital de ma vie ? Ça me fait comme si, tout à coup, les choses se déroulaient « autrement », à leur guise, sans qu'il me soit possible de les contrôler.

Quelle invraisemblable journée, putain d'elle ! Tout s'opère dans un ralenti forcé, à croire que le temps s'enlise, devient autre.

Claquement de la porte d'entrée. C'est le Rouque. Il arbore un visage hermétique. Son regard paraît enfoncé, souligné de cernes sombres qui détonnent sur cette face de cuivre briqué au « twinkel ».

Il reste près de l'entrée et m'adresse un signe. Je le rejoins, intrigué. Ne lui pose pas de question. Qu'il jacte à sa botte, le chéri.

Il a un spasme.

– Terrible ! il balbutie.

J'attends.

– Dans son coffre de voiture, il y a le corps d'un jeune homme, il me bonnit dans un souffle. Il a été étranglé avec un fil à couper le beurre ; sa tête ne tient plus que par la colonne vertébrale.

– C'est cela, oui, dis-je d'un petit ton friponnant.

En moi se lève une bourrasque de triomphalisme. Je savais bien, j'ai tout de suite su, que le nommé Makilowski était une grande, une très grande pointure du crime. Tu ne peux pas être l'un des meilleurs flics de l'Hexagone si tu es incapable de renifler un tueur hors série.

A l'instant où je volte pour regarder l'homme, je sens du pointu dans mes reins. La frite décomposée de Mathias m'apprend le reste.

« Connard ! m'invectivé-je de toute mon âme. Raclure de capote anglaise, balayette de gogues hors d'usage ! Fibrome en décomposition ! Tu passes les cadennes à un mec de ce calibre sans même te donner la peine de le fouiller ! Et tu pavanes ! Tu joues des muscles en te prenant pour Super-flic ! Pauvre glandouillard de tes deux ! Ramonage d'intestins ! Fosse d'aisance en crue ! T'as donc une maladie vénérienne à l'âme, Tocasson ! Ton cervelet est plein de pus, Fétide ! »

Je suis interrompu dans mon autocritique par la voix glacée de mon pseudo-prisonnier :

— Vous ne bronchez ni l'un ni l'autre, sinon vous serez décorés à titre posthume dans la cour d'honneur de la Préfecture de Police. Levez les bras le plus haut possible et placez-vous les jambes écartées. Au moindre mouvement inconsidéré je vous abats.

Une rage forcenée est sur le point de me faire dégueuler des flammes ! Je lève les bras, fais mine d'écarter les cannes, n'en réalité, je prends appui total sur ma jambe gauche et vroam ! Une volte forcenée, pied levé ! Je comptais assaisonner notre agresseur, mais ce maudit n'est pas un garçon de bureau. Tu parles qu'il s'est méfié et a doucement pris du recul. Ma grole passe à trente centimètres de son pif. Illico, il débastosse. Sa pétoire glaviote six prunes en deux secondes, et même moins que ça !

Tout éclate dans ma tronche et tout brille d'une hyper-luminosité.

Puis ça devient blanc.

Et enfin noir.

DEUXIÈME PARTIE

AU CLAIR DE LA LUNE

10

VACHE DE MOUCHE

Chaque fois que je sens la glycine, je suis heureux. Ça me vient de ma petite enfance dans la maison de mémé. Il en poussait près de son seuil : elle était tellement vénérable (pas mémé, la glycine) que son tronc était devenu aussi gros que celui d'un platane. J'en ai planté dans notre pavillon de Saint-Cloud, et, je ne sais pas si c'est une idée, mais je trouve que Félicie dégage ce parfum plus mélanco que les grappes de fleurs mauves d'où il est extrait.

Je me tourne à gauche et j'ai le bonheur de la découvrir à mon côté. Bien sage dans sa robe grise à col violine que lui a confectionnée la couturière de notre quartier, Mme Marjoline, une veuve dont l'unique fils se drogue et lui pique tous ses pauvres sous pour se shooter à l'héro. Elle dit que si le bon Dieu le reprenait, ce serait une bonne chose. Elle en a sa claque de prendre des tartines dans la gueule et de bosser pour lui acheter de la mort lente. Paraît que, quand elle était jeune, elle était plutôt jolie et que les commerçants du coin la chambraient dur. Des bruits ont même couru comme quoi le boulanger se la tirait, tôt le matin, et qu'elle ressortait de son fournil avec le cul plus blanc que le mime Marceau. Mais ça doit être des « on-dit ». Félicie déteste les ragots.

Elle constate mon réveil et se dresse.

— Comment te sens-tu, mon grand ?

Je ne peux guère être fringant après qu'on m'ait extrait une bastos du poumon. N'empêche que je lui réponds :

— Au poil, m'man, d'une voix qui doit trahir la réalité.

Elle dit, pour se conforter soi-même :

— Le chirurgien dit que tu as eu de la chance.

Je me dis qu'il voit les choses à sa manière, le bistourieux. De la chance d'avoir morflé un morceau de plomb chemisé dans le baquet ! Bon, d'accord, j'aurais pu le déguster dans le cervelet.

— Et Mathias ? m'enquiers-je dans un souffle.

— Je n'ai pas de ses nouvelles pour l'instant.

— Tu me mens, fais-je ; ton nez bouge !

Une vieille plaisanterie qui remonte à ma petite enfance.

J'enchaîne :

— Il est mort ?

Je pose la question sans émotion. Y a des circonstances qui te rendent insensible. Sans doute parce que je suis dans le coltar ?

— Non, non, mon grand ! Je te jure. Seulement il a été touché à la tête et on a dû le trépaner. Les docteurs ne peuvent se prononcer.

Je pense à cette expression : « se prononcer ».
La trouve archaïque, caduque, obsolète et tout !

– Un garçon de sa valeur, balbutie Féloche,
submergée par le chagrin.

Et moi, vadrouillant toujours dans les égoïsmes
confortables :

– Il s'en tirera !

Tout au fond de ma conscience, quelque chose
me dit que si Mathias passe l'arme à gauche, je le
chialerai comme cent veaux.

Une infirmière survient, pas du tout l'héroïne
pour feuilleton TV amerloque. La dame est
copieuse, ventrue, rouquinante, avec un bec-de-
lièvre mal opéré et des yeux qui passent leur
temps à se surveiller.

Elle s'adresse à m'man :

– Il y a là un monsieur qui se prétend « de la
famille » et qui insiste pour entrer, malgré l'écriteau « Visites interdites ».

– Je vais voir, décide ma vieille.

Exit Féloche.

L'infirmière Carabosse m'investigue de son
regard centrifuge.

– Vous êtes comment ? qu'elle me demande
avec la bienveillance d'une matonne qui sent les
prémices d'une mutinerie.

– Comme ça, réponds-je.

Elle hausserait les épaules si elle en avait, mais
la graisse rend son buste monolithique. Alors elle
s'emporte en maugréant des choses dans sa langue
maternelle qui pourrait être le bosniaque ou, à la
rigueur, le monténégrin.

Et qui vois-je viendre, sitôt qu'elle a clarifié mon horizon ? La Pine ! mon z'ami. La Pine des grands *days*, en costard de flanelle rayée façon bagnard d'opérette.

Il s'est défait de son sempiternel mégot de papier maïs et arbore le ruban rouge de la Légion d'honneur. Rasé de frais, lotionné urbi et orbi, la moustache teinte, l'oreille talquée, il ressemble à ces vieux Anglais qu'on voit traînasser, jumelles au ventre, sur le champ de courses d'Ascot.

En m'apercevant à l'état de gisant, il pleure.

– Mon petit, mon petit, mon gamin ! hoquette la vieillasse en éclaboussant le carrelage de ses larmes.

Il se penche pour me baiser au front, ainsi que faisaient jadis les pères inclinés sur leur fils touché à mort au court d'un duel. Il sent Pinaud, mon César : une odeur composite de pisse froide, de tabac, d'eau de toilette coûteuse et de muscadet en cours de digestion.

– Tu nous en fais de belles ! qu'il poursuit.

Ce qui me donne fortement envie de le traiter de vieux nœud coulant.

Comme il juge cette déclaration judicieuse, il la réitère pour Félicie :

– N'est-ce pas, chère madame, qu'il nous en fait de belles, ce vilain ?

– Pas une raison pour que tu sombres dans la gâtouille intégrale, vieux zob irrécupérable !

Loin de se vexer, il nous chevrote un rire de bélier castré.

– Je vois qu'il n'a rien perdu de son humour, c'est bon signe, assure l'Ancêtre.

M'man lui apporte une chaise et il s'assied à ma gauche préférée.

Désireux de lui éviter les questions inhérentes à mon état, je prends les devants :

– La balle a été extraite dans d'excellentes conditions. J'ai perdu beaucoup de sang, mais on l'a compensé par des transfusions qui, je l'espère, ne me flanqueront pas le sida. Ma tension est normale. Tout risque d'infection à peu près écarté. Je quitterai vraisemblablement l'hosto dans huit jours et j'irai passer une quinzaine de convalo à l'*Ermitage* de La Baule avec ma maman. Voilà la question santé réglée, maintenant parle-moi de l'affaire ?

– Elle fait un bruit terrible ! Les journaux l'appellent « L'Affaire de la décennie ». Il y a quinze journalistes devant l'établissement.

– Qui l'a reprise ?

– Le juge Des Baguettes et le principal Miborgne.

– Du nouveau ?

– Votre agresseur s'est évanoui dans la nature. Les papiers que tu as trouvés sur lui sont faux, et la voiture dont il s'est servi a été volée dans le parking de l'aéroport Charles-de-Gaulle. On a identifié le cadavre trouvé dans le coffre : celui d'un jeune séminariste nommé Jean-Baptiste Lhours.

– Lhours comme l'officier de marine ?

– C'était son neveu.

La Pine sort son paquet de tiges et va pour s'en introduire une dans la clape.

– Je ne crois pas que ce soit autorisé, monsieur Pinaud, le rappelle à l'ordre ma gentille moman.

Milord rengaine son compliment. Moi, je gamberge à m'en flanquer le tournis. J'entrevois des éléments de cette terrible nuit de pleine lune. L'ancien officier de vaisselle (féminin de vaisseau) mourait de trouille à chacune des lunaisons fatidiques. Il a tenté de faire dormir sa grosse poil-aux-pattes dans sa villa, mais elle a refusé. Alors l'idée lui est venue d'en appeler à son neveu. Un séminariste, presque prêtre, ça doit être cap' de conjurer le démoniaque, du moins pour une nuit. Le jeune Jean-Baptiste accepte d'assister son tonton qu'il croit barge. Il se pointe chez celui-ci et la nuit commence. Il le rassure, lui soulage l'angoisse. Mais le meurtrier de la pleine lune survient.

Que s'est-il passé ?

Des hypothèses m'affluent au pas de course. Peut-être que l'apprenti curé s'est absenté au moment où « l'ogre » s'est radiné ? Ou encore est-il allé dormir dans une autre chambre ? Le « monstre » tue l'ancien officier de marine, s'acharne sur son corps, le saccage, le met en charpie. Puis il perçoit un bruit, réalise qu'il n'est pas seul dans la crèche et s'élance à la poursuite du séminariste qui, affolé, s'enfuit. Le « loup-garou » le course. Comprenant qu'il va être rejoint, le neveu carillonne chez les voisins. Mais il est neutralisé. La mémé ouvre sa porte à cet instant, voit la scène, commence à bramer aux petits pois. Le meurtrier la refoule. La vioque veut sortir par-derrière. Il la suit, s'empare d'un hachoir et...

— Tu sembles bien songeur ? demande Pinuchet.

— Je crois qu'il est fatigué, s'empresse de déclarer Féloche. Nous devrions...

L'humble chérie. Soucieuse de moi et du savoir-vivre. Veut me soulager de la Pinaille sans risquer de le vexer. Est prête à simulacrer son propre départ pour provoquer la décarrade de l'Ancêtre.

Je suis pris par mes évocations. Je reconstitue ce bigntz hors du commun. Pense et repense l'affaire inlassablement. Je sens qu'elle va me tarauder la coiffe jusqu'à ma prochaine piquouze, laquelle m'enverra pour une chiée d'heures dans les quetsches réparatrices.

Le Débris me presse la louche, me baise au front, me prodigue des conseils sur la manière de bien me relaxer, de faire le vide en moi. Le vide ! Tu parles ! Vieille loque ! C'est le plein que j'ai besoin de réaliser.

Ils sortent.

Bon, où en étais-je, où en laitage, où en étage, où en... Mes idées jouent à cours-moi-après-que-je-t'attrape ! Le flou. J'ai du mal à respirer. Une bastos dans les éponges, c'est

pas... Pas quoi ? Hé ! partez pas, ça va devenir
marrant ! Je...

Il faudrait que mes collègues...

Que mes collègues quoi ?

Non, rien. Veuillez me pardonner, les gars, je
dois me mettre aux abonnés absents.

11

MOUCHE A MIEL

Nonobstant mon dénuement physique, je fis un rêve. Un rêve merrrveilleux, comme dans *Ramona*.

J'étais au cœur de l'été, allongé sous un noyer de mon Dauphiné natal dont l'ombre, dit-on, est redoutable. J'entendais une rumeur agricole, en provenance des confins. Le tronc de l'arbre se couvrait de plaques moussues, d'un étrange vert bronze. Des oiseaux ramageaient dans le feuillage. Je bandais sans esprit de luxure, comme si mon corps entendait participer à l'harmonie ambiante. Le ciel bleu était plein d'une immense mansuétude.

Au bout d'un temps indéfini et, peut-être, infini, une forme blanche qui ne touchait pas terre s'est approchée. Elle portait une seringue sur un petit plateau, flanquée d'un flacon d'éther et d'un tampon de gaze.

Il s'est alors produit un réajustement en moi, et j'ai réalisé que, foin de Dauphiné, je n'étais pas dans la campagne de mon natal pays, mais dans un hosto parisien. La forme blanche ne se livrait à aucune lévitation supra-naturelle et se déplaçait en chaussons feutrés sur l'espèce de matière plastique qui garnissait le sol. Je la regardai plus attentivement, à la clarté bleuâtre de la veilleuse protégeant ma chambre de l'obscurité totale.

L'arrivante, autant que j'en puisse juger, me parut agréable de formes et de traits.

La bandaison de mon rêve perdurait agréablement. Nonobstant ma blessure, j'eus un mouvement préhensile qui porta ma main sur sa cuisse. Ne s'attendant à rien de tel (disait Guillaume), elle eut un soubresaut qui fit choir la seringue due à ce cher Pravaz, un presque pays à moi (1791-1853).

— Espèce d'imbécile ! vociféra la garde de nuit.

— Pardonnez-moi, plaidé-je-t-il ma cause, j'étais dans un demi-sommeil et je rêvais qu'une délicieuse nymphe venait conjurer mon érection nocturne.

Pour la lui prouver, je la lui montris. Mais elle était déjà accroupie et ramassait sa seringue, laquelle était restée imbrisée. S'étant redressée, elle me dit, assez rudement, de me placer sur le ventre, posture peu compatible avec la forte bandaison que j'enregistrais en cet instant faste.

Malgré mon démantèlement physique, voire mental, j'eus un sursaut.

— Comment ! fis-je-t-il, vous allez me piquer avec une aiguille qui a traîné sur le sol ?

Elle ne me répondit pas et, au lieu de faire droit

à mon objection, voulut pratiquer son injection (deux rimes d'une extrême richesse, ne manquera pas de remarquer l'adorable Jean d'Ormesson[1]).

Moi, tu me connais ?

Toujours ce foutu petit lutin qui veille sur le destin de ton camarade Sana. Il n'intervient qu'avec parcimonie, mais à bon escient (et je te fais grâce du gag sur l'Italien et l'Arménoche).

Au moment où elle soulève sa seringue pour me flécher le michier, je réussis un bond de truite vagabonde, et Ninette-de-la-nuit ne pique que mon matelas.

Sans perdre de temps, j'actionne ma loupiote de chevalet (dirait le Mastard). La gonzesse que je croyais bioutifoule est, en réalité, séduisante comme un dégueulis d'hépatique en phase terminale. Grande est ma déception ; plus grand encore mon soulagement lorsque cette donzelle se taille prestement, en laissant la lourde ouverte. Qu'aussitôt, le gars Mézigue brame à la manière d'un mec qui en appelle un autre situé sur la rive opposée de l'Amazone (à son embouchure). Simultanément, je presse la poire accrochée à la tête de mon plumzing.

Une veilleuse de noye ne tarde pas à se pointer, le regard en grille de soupirail. Je lui demande si elle n'a pas aperçu une femme en blouse blanche dans le couloir. Me répond que nenni. Croit que je berlure, divague, délire, hallucine. N'heureuse-

---

1. J'écris cela sans esprit flagorneur : je ne brigue pas l'Académie.

ment, la seringue de mon cher « pays » (né à Pont-
de-Beauvoisin) est là, fléchée dans mon matelas.
Attestant que je ne suis pas en train de délirer.

– Allez dire qu'on me rétablisse ma ligne ! lui
enjoins-je (car à compter de huit plombes elle est
bouclarès).

La garde m'objecte que, impossible.

– O.K., lui fais-je, je vais donc aller jusqu'au
taxiphone du hall. Si je craque des boulons, ce
sera votre faute, garde de nuit de mes deux !

Je joins à cette menace des prédictions véné-
neuses touchant à la répute de cet hosto où l'on
peut venir bigorner nocturnement les malades en
toute tranquillité. A la fin, inquiète pour sa carrière, elle accepte d'aller turluter pour moi.

On dit que, la nuit, les chats sont gris. Ben je
vais t'en apprendre une : les Noirpiots aussi.

Je te prends Jérémie, par exemple. Bien qu'il
soit sénégalais qualifié, c'est-à-dire du noir le plus
absolu dont une peau humaine puisse se parer, il
est, présentement, d'un gris éteint. Ses lèvres
paraissent totalement noires, ses lotos complètement jaunes ; seules ses chailles de fauve conti-
nuent d'étinceler.

Je viens de lui narrer ma mésaventure et des
rides d'inquiétude modifient sa physionomie. S'il
avait un frère jumeau qui souffrirait du foie et
serait inscrit dans les sections d'assaut du Front
National, il ressemblerait pile à ça !

– Je vais faire surveiller ta chambre jour et
nuit ! décide-t-il.

Je ne proteste pas car j'aimerais bien pouvoir
dormir à tête reposée.

Il tire de sa fouille un téléphone à peine plus
gros qu'un tube de vaseline pour sodomite professionnel. Appelle la Maison Riflard, donne des
ordres. Je le regarde et l'écoute en éprouvant un
contentement capiteux. Décidément, je suis fier de
moi : j'en ai fait quelque chose, de cet escaladeur
de palmiers dattiers ; mieux, j'en ai fait quelqu'un.
Dire que lorsque je l'ai rencontré, il balayait les
rues ! Cher frère Jérémie, quelle magnifique aventure nous aurons vécue.

Il coupe sa communication.

— On m'envoie ce qu'il faut ! Mais que t'arrive-
t-il, tu chiales ?

— Ce n'est rien.

— Tu as eu peur ?

— Pauvre grand primate de mes deux ! Je pleure
à cause de toi ; de tendresse, si tu peux
comprendre ça avec ton hérédité qui coule à pic.

Il pige vite, l'artiste. Sa paluche se pose sur
mon front moite. Puis il dit, sortant de sa vague
une pochette d'épais plastique :

— Je ferai analyser ce produit demain à la première heure. Tu peux me fournir le signalement de
la femme ?

Il note consciencieusement sous ma dictée.

— C'est fréquent, le coup de l'infirmière bidon,
fait-il, au bout du compte.

— Du moment que ça marche toujours...

— On va dire à la vraie de changer ta literie, ce
sera plus prudent.

J'opine. La dame s'empresse, éperdue. Je lui
recommande de ne pas toucher la tache humide
étalée sur le drap. Va falloir passer tout ça à
l'autoclave, comme disait m'man, jadis.

— Où en est l'affaire ? demandé-je à Vendredi.

— Elle routine, se mord la queue. On est encore
à la recherche de votre agresseur. On dirait qu'il
s'est anéanti. Ah ! à propos : Mathias est sorti du
coma en fin de journée. Il aurait recouvré complètement sa lucidité, il a même demandé après sa
femme.

— Tu trouves que c'est une preuve de lucidité ?
gouaillé-je.

Mais cette annonce me comble de joie. Cher
Rouquin lyonnais ! Il va donc continuer de pro-
créer, d'analyser, d'inventer !

— Par contre, murmure l'ébéniste [1], il y a un fait
qui nous tracasse depuis deux jours. Jusque-là, je
ne t'en ai pas parlé...

Je lui plante les banderilles de mon angoisse
dans le regard, comme dirait un écrivain qui fait
aussi marchand de gaufres.

— Ben parle, bordel !

— Bérurier a disparu.

Cette annonce (apostolique) me déconcerte.
Qu'entend-il par là, mon pote à peau de boudin ?

— Explique !

— Hier matin, tandis que Berthe faisait les
courses, A.-B.B. a quitté leur appartement à

---

1. Sans doute l'auteur l'appelle-t-il ainsi pour rappeler que son
adjoint est couleur d'ébène ?

grand-peine. Sa concierge l'a vu descendre son escalier, agrippé à la rampe, souffrant mille morts. Bien qu'il fussent en froid de longue date, elle lui a proposé de l'aider. Alexandre-Benoît a décliné l'offre en ces termes galants : « Va t' fout' ton pilon à aïoli dans la craquette en guis' d' tampasque, vieux chaudron ! »

« Il est parvenu à gagner le trottoir au bord duquel il s'est mis à attendre, probablement un taxi, a pensé la cerbère. Depuis, il n'est revenu ni à son domicile, ni à la Grande Cabane. D'autre part, il est parti les mains vides. Sa Grosse affirme qu'il n'avait presque pas d'argent sur lui. Elle doit le savoir car, de son aveu même, elle lui fait les poches. »

Un profond silence succède à la fâcheuse nouvelle.

Ainsi donc, le Pétomane a disparu ! Et moi, on a essayé de m'achever dans ma chambre d'hôpital.

– Qu'en penses-tu ? me demande mon poteau noir.

– Qu'il faut également placer Mathias sous protection rapprochée, fais-je.

12

MIEL DE NARBONNE

Ce morninge, ma Félicie d'amour se pointe en printemps. Robe imprimée bleu foncé, semée de petites pâquerettes. Elle s'est parée d'un nuage de poudre et d'une présomption de rouge à lèvres. Telle la Perrette de la fable, qui, elle, est une connasse, elle a mis des souliers plats. Elle a un sac Adidas à la main, duquel s'échappent des effluves pas tristes de blanquette de veau.

— Dis donc, m'man, ça en est ? la questionné-je en humant.

Elle bat des paupières.

— J'espère qu'elle sera encore chaude ; je l'ai mise dans un conteneur pour glaces à emporter.

— Et quand bien même elle aurait refroidi, tu crois que ça me retiendra de la dévorer ? J'ai une fringale carabinée ce matin.

Elle installe son frichti avec minutie, puis demande :

— Ça signifie quoi, ce policier près de ta porte ? Tu es en danger, Antoine ?

— Un simple excès de précautions... Comme le

meurtrier est en vadrouille dans la nature, mes confrères préfèrent assurer ma sécurité.

– Ils ont raison.

Tu penses qu'elle est pour, ma chère vieille. Si on pouvait m'installer un apparte dans la chambre forte de la Banque de France, elle serait comblée !

Elle me parle des nouvelles du matin, entendues à la radio du taxi qui l'a amenée. Paraîtrait que le président Chibraque a rencontré le président Dunœud, et qu'à partir de l'année prochaine, on va raser gratis les barbus, garantir des dentiers interchangeables aux vieillards et mettre les *Prédictions de Nostradamus* au programme du bac.

Je lui prête un conduit distrait, car une pensée me travaille le cuir chevelu ; ça me titille comme s'il me poussait des crins à l'intérieur du caberluche.

M'man me connaît trop pour ne pas s'apercevoir que j'ai l'esprit ailleurs.

– Tu souffres, mon grand ?

– Pas plus qu'hier, ma chérie. Dis-moi, ça t'ennuierait si je t'expédiais en mission ?

Et elle, sans se formaliser, ni même s'étonner le moindre :

– Pas du tout.

– J'aimerais que tu ailles chez les Béru. Le Gros a disparu.

Elle exclamationne :

– Mon Dieu ! Que lui est-il arrivé ?

– C'est ce que je voudrais éclaircir. La dernière personne qui l'a vu, c'est sa concierge avec
laquelle il est brouillé. Il attendait quelque chose
ou quelqu'un devant son immeuble. Fais une
petite enquête dans son quartier pour essayer
d'apprendre de quelle manière il s'en est éloigné.
Il s'est blessé en dévalant un escalier sur le dos et
marche avec la plus grande difficulté, donc il a
fatalement emprunté un véhicule. Sa disparition
aurait eu lieu dans la matinée d'hier. J'ai eu
Berthe au fil avant ton arrivée : elle n'a aucune
nouvelle de son gros-sac ; s'imagine déjà veuve,
non sans une certaine complaisance.

– Il ne faut pas parler ainsi, mon grand. Elle
l'aime sans doute davantage que tu ne penses.

Mon sourire sceptique désole ma chère femme
de *mother*, laquelle prend une expression miséri-
cordieuse qui ébranlerait le pape. Sa Sainteté
serait cap' de me la canoniser aussi sec, en même
temps que le roi Boudin, Amanda Lear et Ber-
nard Tapie.

Comme elle se dresse déjà pour aller au boulot, je lui saisis le poignet.

– Ce que je te demande ne te dérange pas
trop ?

– Comment peux-tu penser une chose
pareille ? Tu sais bien qu'à partir du moment où
ça te rend service...

La chère âme !

Le professeur passe avec son cortège d'internes. Le cérémonial perdure depuis Ambroise Paré.

Il examine le tableau accroché au pied de mon plumard. Me pose quelques questions sur mes douleurs, mon sommeil, mon pipi.

Je le rassure ; tout baigne : je dors, mange et bande comme un jeune chirurgien.

Marrade de ses péones.

L'homme de lard rougit un peu, n'ayant pas l'habitude de ce genre de discours.

– Il paraît que vous eûtes des émotions, cette nuit ?

– Petite alerte sans gravité, monsieur le professeur, je préfère ça à un infarctus.

Il soupire :

– Je n'aime guère voir des policiers en uniforme devant la porte de nos chambres : ça fait bizarre.

– Vous préféreriez qu'on tue vos malades ?

– Je préfère avoir des malades qui n'encourent pas ce genre de danger. Ici on soigne, on ne trucide pas !

– Vous souhaitez peut-être que l'on me transporte dans un autre établissement, docteur ?

– Ce serait envisageable, me répond brutalement cet homme de (tête de) l'art.

Et il se casse avec son troupeau.

Ma pomme, je crois que tu le sais, suis un personnage qui déteste qu'on lui coure sur la bistougnette avec des souliers d'alpiniste.

N'à peine ce nœud à blouse verte s'est-il

emporté, que j'arrache le cathéter fiché dans ma durite. Je place un tampon d'ouate sur la plaie qui lancequine à profusion (et non à perfusion).

Au bout d'un instant, je coagule suffisamment pour qu'un pansement prélevé dans la boîte posée sur ma table de chevet mette fin à l'hémorragie. Le plus duraille reste à faire : me mettre debout. Je procède par étapes, en souffrant mille morts. D'abord, je m'assieds, les pinceaux hors du plumard. La calebombe me gire un brin. N'importe. Une volonté farouche (et là je pèse mes maux) me galvanise. Debout, camarade ! Ton honneur l'exige.

Présent, répond l'Invincible.

Y aurait un petit relent de *Marseillaise* à cet instant que ça ne ferait pas de mal.

Un pas ! Tu peux ? Il peut ! Deux pas ? D'accord ! Conclusion : je marche. L'impression de me déplacer sur du sable bien fluide.

Me voici à l'armoire métallique où se trouvent rangées mes fringues. Ma veste est trouée là qu'est entrée la bastos. Faudra que Félicie la fasse stopper ; tu penses, un costard de chez l'Académicien, à dix-huit mille piastres !

Pour me vêtir j'en chie des triangles de panne développés.

Un qui tressaille, et même sursaute, en me voyant déboucher dans le vaste couloir, c'est le drauper de faction. Il bat des stores et me bigle comme si j'étais le comte de Monte-Cristo retour du château d'If.

– Voulez-vous m'aider, vieux ? lui demandé-je.
J'ai les genoux pareils à deux crèmes caramel.

Il se dresse. M'offre galamment son bras
séculier.

– On va y aller mollo, enchaîné-je.

– Parfaitement, monsieur le directeur.

Et me voilà à trottiner petitement, retenant une
plainte dès que je pose un panard devant l'autre.

Les infirmières qui me voient calter poussent
des glapissements de pintade (sauf une Noire qui,
elle, émet le cri du toucan souffrant de la vésicule
biliaire).

Leur chef, une belle gaillarde rasée de frais qui
ne porte sous sa blouse que son triangle des Ber-
mudes, veut s'interposer. Je lui dis, fort civile-
ment, qu'elle se carre son tensiomètre dans la
foufoune puisqu'elle ne met pas de culotte, et
poursuis ma décarrade. La gravosse donne
l'alarme, fait prévenir le professeur, lequel
nous intercepte au rez-de-chaussée, au déboulé du
vaste ascenseur pour allongés.

– Vous perdez la raison ! m'écrie-t-il.

– Je ne fais que satisfaire vos désirs,
réponds-je.

– Je vous interdis de vous lever ! Je vous interdis de...

Ses internistes assistent à la scène dans des
postures exprimant la médusance extrême.

– Vous savez qu'il pue de la gueule ? leur
fais-je. Le matin, c'est grave.

– Monsieur ! glapit le docteur Divago. Vos
insultes sont lettre morte. Vous ne sortirez pas.

– Il n'a pas de suite dans les idées, je soupire.
Mais moi, si !

Et malgré mon insigne faiblesse, je le balaie de
ma route d'un revers de main qui le fait choir sur
son prose.

– Continuons ! intimé-je à mon escorteur.

Nous sortons sans nous presser.

– Vous êtes voituré ? demandé-je au pandore.

– Ma bagnole est au parking.

– Allez la chercher !

– Vous ne pensez pas, monsieur le directeur,
qu'il vaudrait mieux...

Je pose ma main mal assurée sur son épaule.

– Dis-moi, fiston, tu ne vas pas te mettre à me
faire chier, toi aussi ?

13

BONNE D'ENFANTS

Combien de temps s'est écoulé depuis ma révolvérisation par le pseudo-Makilowski ? Quand tu fais la brasse coulée dans une citerne emplie de goudron, tu perds toute notion de durée.

Je demande à mon conducteur :

— Quel jour sommes-t-on ?

— Vendredi, monsieur le directeur.

Je m'efforce de calculer. Ce turbin m'est arrivé mardi, par conséquent cela fait trois jours. Il me semblait que des semaines s'étaient écoulées depuis que le singulier personnage à lunettes m'avait craché contre avec son riboustin. Passer les cadennes à un suce-pet et ne pas le fouiller, voilà qui est inqualifiable ! Il a des fuites dans la malle à idées, ton pote Duglandard ; sa matière grise qu'a des écoulements ! Mais bon, j'ai payé chérot pour cette faute professionnelle. Ça ne sert à rien de se lacérer la poitrine. Tournons-nous vers l'avenir...

— Vous m'avez bien dit Murger-sur-Seine ? s'enquiert mon conducteur.

– Exact.

Je le défrime, peut-être pour la première fois. Jusqu'alors, il n'était qu'un fonctionnaire de police, un simple uniforme. Je découvre qu'il est jeune : la trentaine en perspective, blond, la mâchoire décidée.

– Montre voir ! fais-je.

Il se tourne vers moi.

– Quoi, monsieur le directeur ?

– Je n'avais pas encore pris garde à tes yeux : tu as un bon regard.

Ça le laisse pantois.

Je me hâte d'ajouter :

– Pas de panique, fiston, y a que les frangines qui m'intéressent ; mais tu sais ce qu'on dit : « les yeux sont les fenêtres de l'âme ». C'est glandu mais ça plaît. Brusquement je m'aperçois que je ne sais rien de toi et qu'on partage du temps ensemble. Ton nom ?

– Clément Lory, monsieur le directeur.

– Marié ?

– Divorcé.

– Déjà ?

– Nous étions camarades d'enfance ; il ne faut jamais s'épouser dans ces cas-là car les relations deviennent tout à fait différentes.

– Des enfants ?

– Elle ne pouvait pas en avoir, sans doute que ça a joué un rôle dans notre divorce...

– Naturellement, tu as trouvé une remplaçante ?

– Plusieurs, monsieur le...

– Laisse tomber les grades, fils. Donc tu attends de trouver l'âme sœur en butinant ?

– Que faire d'autre ?

Il pilote aisément. A gestes sûrs mais dégagés.

– Ça te plaît d'être agent de police ?

– Pas trop, mais je prépare des examens pour passer inspecteur.

– Tu me laisseras tes coordonnées, j'essaierai de te filer un coup de pouce.

– Vous êtes formidable ! exulte-t-il.

Je souris :

– Et encore, je viens d'avoir les oreillons. Mais quand je tiens la forme, je suis carrément irremplaçable.

On atteint Murger-sur-Seine. Ça me fait un drôle d'effet de revoir cette localité sous le soleil. La route d'accès suit la Seine. Et puis y a des pavillons chichois, d'autres un peu plus relevés. Les pavetons font trépider la chignole de mon mentor.

– Vous me permettrez de téléphoner à mon chef, monsieur le ?... On va se demander où je suis passé.

– Je lui parlerai.

– Merci.

L'avenue Marie-France Dayot, sereine dans la clarté de l'été.

Je renouche, au loin, l'objet de mon voyage : ma Ferrari anthracite métallisé, qui brille comme un scarabée dans la lumière. Elle me tenait à cœur. C'est que, dis : ça vaut un saladier, ces petites bêtes à roulettes. J'ai eu du vase de ne pas me la faire engourdir. Ils sont bien honnêtes dans cette banlieue. Vais-je pouvoir la driver dans l'état où je suis ? Honnêtement, il n'est pas très conforme, ton Sana, chérie. J'ai tout qui tremblote façon gelée de coing et deux sabres d'abordage se croisent dans ma poitrine. Le plus léger de mes mouvements déchaîne en moi des chiées d'ondes douloureuses.

Je murmure :

— Tu vois cette Ferrari, là-bas sur ta gauche ?

— Je la regardais, justement. Un vrai bijou ! Quand je pense qu'il y a des salauds qui ont les moyens de rouler dans une bagnole pareille !

— Arrête-toi le plus près possible.

— Elle vous intéresse ?

Je me paie un effort pour prendre dans ma vague la clé de contact du bolide. Une plaquette émaillée représente le fameux cheval cabré, noir sur fond jaune, sommée d'un liséré aux couleurs italoches. Le nom prestigieux s'étale sur le porte-*chiave*. Je brandis l'objet sous le pif de Lory. Il fronce les sourcils, puis réalise et sa frime se met à ressembler à une pastèque entamée dont les pépins seraient blancs.

— Elle est... à vous ? balbutruie-t-il.

— *Yes, Sir.*

— Je vous demande pardon, à propos de ma réflexion ; je pensais qu'elle devait appartenir à quelque fils à papa.

— Moi, je suis un fils à maman, rectifié-je.

Il serre le trottoir et stoppe à un mètre de mon jouet.

— Il faut que tu m'aides à sortir de voiture, soupiré-je, j'ai les cannes en barbe à papa.

Mon chauffeur s'empresse. Il est fort mais me manipule délicatement, comme si j'étais une bombe ou un chef-d'œuvre fragile. Une fois à la verticale, je mesure l'étendue de mon épuisement. Je me sens vachement télescopique de l'intérieur. M'enfonce en moi-même.

— Ça ne va pas, monsieur le... Vous êtes livide !

— « En voyant le lit vide, il le devint », récité-je, car je suis un inconditionnel de Ponson du Terrail.

Je demeure un instant agrippé à mon petit gars de bourdille. Ça vertige horriblement. L'avenue tangue dans la lumière et ma Ferrari me fait songer à un énorme hanneton.

Il faut absolument que je « prenne sur moi », comme disent les endoffés et certains autres qui ne le sont que par inadvertance.

J'ai une ébrouade et murmure d'un ton inconvaincu :

— Ça va aller.

Toujours cramponné à l'agent, je vais à ma guinde. C'est plein de fientes de pigeon sur le pavillon et le pare-brise est déjà opacifié par la poussière et la pollution.

D'un geste qui concentre ce qui me reste de forces physiques, j'ouvre la portière. Et alors, j'ahurise. Que découvré-je-t-il, lovée à l'arrière du

noble véhicule ? Eh bien oui, mon cher Gon-
zague : la môme Crevette dans tout son tragique.
Elle dort, pelotonnée serré, les bras en guise de
couverture. Sa bouche entrouverte laisse filer un
souffle de petit rongeur. Une odeur surette emplit
ma tire. Pas possible qu'elle ait poireauté plusieurs
jours ici, la Cosette !

Ma présence l'arrache à Morphée, comme on
dit puis chez les gardiennes d'immeuble, les pré-
posés à la consigne de la gare de Lyon et les veil-
leurs de nuit à bord des sous-marins nucléaires.

Ce qui se passe alors est divin.

La môme dépone ses vasistas, m'aperçoit et se
dresse en déclarant :

– Je savais que ça serait pour aujourd'hui !

14

ENFANTS DE TROUPE

Pourquoi, à cette seconde, une indicible émotion me noue-t-elle la corgnolette ? C'est de la voir si fragile, un peu crade, enfrileusée et éperdue de soumission, tu crois ? Parce qu'elle ressemble à Marie-Marie, pratiquement disparue de ma vie ? Parce qu'elle éveille en moi une « pitié de tendresse » infinie ?

J'ouvre la portière et, à grand mal, souffrant comme un damné, parviens à m'asseoir dans mon bioutifoule carrosse à la place passager. Elle s'accoude au dossier du siège conducteur. J'avise alors une feuille de papier percée, enfilée sur la manette commandant les essuie-glaces. La môme a écrit, avec son rouge à lèvres : *Je suis au Café-restaurant des Pêcheurs, presque en face.*

Elle s'aperçoit que je prends connaissance du message et m'explique :

— Fallait bien que je mange un peu et que j'aille aux toilettes.

— Tu as dormi ces dernières nuits dans la Ferrari ?

— Ça vous ennuie? J'ai touché à rien, vous savez.

— Tu dois être vermoulue?

— Pas tellement.

S'apercevant soudain de ma pâleur, elle s'inquiète :

— Vous êtes malade?

— Blessé : une bastos dans le placard; je sors de l'hosto.

— Oh! mon Dieu!

Tu sais quoi? Ses yeux s'embuent et elle pose doucement sa main sur ma nuque.

— J'ai bien vu des ambulances, l'autre jour, mais je ne me doutais pas que c'était pour vous !

— C'était AUSSI pour moi, car il y a eu pas mal de grabuge.

— C'est à cause de moi que vous êtes ici?

Je n'ai pas le courage de lui mentir, même pour lui faire plaisir.

— Je ne me doutais pas que tu m'avais attendu ! Et ton travail?

— J'ai téléphoné à l'hosto, disant que j'étais obligée de me rendre au chevet de ma mère souffrante.

— Ils t'ont crue?

— On verra bien.

— Tu t'en fous?

— Presque.

Elle ajoute :

— Je ne pense qu'à vous. Mais dites, il faut vous soigner? Vous me paraissez très mal en point !

Je m'abstiens de lui répondre en voyant sortir de chez l'officier de marine assassiné le principal Miborgne (qu'à la Maison Drauper on appelle « l'Aveugle ») escorté de deux inspecteurs. Un instant, je redoute qu'ils viennent dans notre direction, mais ils traversent l'avenue pour gagner une tire banalisée de chez nous.

Sur le trottoir, le garde Lory continue d'attendre mon bon plaisir en lorgnant ma passagère.

Je demande :

— Ils louent des chambres, au *Café des Pêcheurs* ?

— Oui, fait la gosse.

— Pourquoi n'en as-tu pas pris une ?

— J'ai très peu d'argent sur moi, et mon chéquier ne sert plus à grand-chose quand j'ai payé ma location.

Je hèle mon chauffeur :

— Viens te mettre au volant, petit !

Ça lui cisaille les facultés. Un instant s'écoule, lourd de points d'interrogation et d'exclamation enchevêtrés.

— Vous voulez que je conduise cette merveille, monsieur le directeur ?

— S'il te plaît.

— Je n'oserais jamais !

— Débloque pas : c'est une automobile.

Il s'exécute avec la gaucherie d'un dentiste qui serait amené à effectuer un accouchement à bord d'un jet transocéanique. Ses gestes sont paralysés par la timidité, le respect, l'orgueil.

– Guide-nous jusqu'au *Café des Pêcheurs*, fillette.

– C'est à cinq cents mètres, sur la droite.

Nous nous y rendons à une allure d'obsèques nationales.

L'endroit est sympa. La petite auberge blanchie à la chaux, avec des volets peints en vert. Une enseigne exécutée (dans tous les sens du terme) par un artiste du dimanche, voire seulement du samedi après-midi, représente un gonzman équipé de cuissardes vertes, tenant au bout d'une gaule un truc en forme de navette censé figurer un poisson. Un parking sur la gauche. Une salle de troquet, une autre pour la jaffe, plus académique.

– Laisse descendre mademoiselle ! enjoins-je au garde. Elle va demander s'il est possible d'avoir une chambre.

Et d'ajouter pour la gosseline :

– Demande la plus belle, celle avec salle de bains ; je parie qu'il en existe une !

Elle ne se le fait pas répéter et fonce dans l'établissement.

– Mon petit Clément, dis-je, si, comme je l'espère, je peux avoir une piaule dans ce paradis, je m'y installerai. J'ai un pote toubib qui viendra me soigner, refaire mes pansements, et tout le chenil. Mais personne, tu m'entends, fils, personne ne devra savoir que je crèche ici. Secret professionnel. Si tu es un vrai flic, tu sauras tenir ta langue !

– Vous avez ma parole, monsieur le...

Il se tait, puis murmure :

– Vous ne devriez plus abandonner cette voiture dans la rue. Regardez : ils ont un hangar, derrière l'auberge. D'ailleurs, si j'en crois ces gros nuages qui arrivent sur nous, bientôt, il va en tomber comme qui la jette !

Je pousse une exclamation qui ne doit pas être sans rappeler le rut du canard nantais au bord d'une mare fangeuse.

– Que viens-tu de dire, Clément ?

Il écarquille des vasistas.

– Mais, qu'il va pleuvoir, monsieur le...

– Non ! Tu as dit qu'il « allait en tomber comme qui la jette » ! Or, cette expression, mon gamin, ne s'emploie que dans une faible partie du Sud-Est. D'où es-tu ? Dis-le-moi lentement, en articulant bien !

– De Saint-Alban-la-Grive, Isère.

Je le mate d'un regard qui savoure.

– Donc, tu es le fils de Ferdinand Lory, le ferblantier ?

– Affirmatif, monsieur le...

– Dans mes bras, pays !

Je l'accolade à la russe, sans toutefois lui rouler la pelle Kremlin.

– Le hasard est inouï, reprends-je, qui te place sur ma route à un moment aussi crucial.

Ma petite gazelle revient, toute joyce : bien sûr qu'il y a une bonne chambre, à cela près qu'il n'existe pas de baignoire dans la salle de bains. Mais on ne va pas se formaliser pour des vétilles !

Il a remisé mon bolide sous le hangar pour le plus grand éblouissement de M. Sébastien, le taulier, dont la vie est ennoblie, soudain, par la présence sur ses terres d'une telle splendeur.

Et puis il est reparti en me demandant la permission d'appeler son dabe pour lui révéler notre rencontre, sans en mentionner les circonstances, bien entendu !

Heu-reux !

Il se la joue dorée sur tranche, sa carrière, le Clément. S'imagine inspecteur principal pour dans pas lurette. Le destin connaît parfois des accélérations inattendues. Aujourd'hui était SON jour. Il se gaffait de rien en se levant, ce morninge, et puis tu vois comme va la vie ? TOUT est réalisable. Tu peux te taper un rassis solitaire le matin, et emplâtrer la princesse Anne le soir. Faut toujours croire que l'impossible nous attend au détour du chemin.

Juste qu'il tourne l'escadrin, je le hèle :

— Clément ! Rapporte-moi la paire de jumelles qui se trouve dans le coffre de ma tire.

Lui lance la clé de contact. Le petit cheval noir dans le mauvais temps, tu sais.

Un instant plus tard il me monte l'instrument d'optique. Ne peut s'empêcher de me dire, après un long regard extatique :

— Je crois qu'il est temps de vous soigner, monsieur le... Vous êtes blanc comme un linge.

— Si tu veux grimper en grade, évite les clichés, petit. Et aussi les pléonasmes. Veille toujours à ce que ta conversation soit limpide, sans redites ni scories. C'est son vocabulaire, qui fait l'homme.

– J'y veillerai, monsieur le...

La gosseline est assise au bord du lit, attendant mon bon plaisir. Elle a un regard de sainte des cathédrales.

– Vous devriez vous coucher, fait-elle. Il a raison, le flic : vous êtes blanc comme un linge.

Soupir d'accordéon du Premier flic français.

– Tu n'as rien contre les douches ? je lui questionne.

Elle interloque :

– Non, pourquoi ?

– Parce que tu vas en prendre une carabinée, fifille, puisqu'il n'y a pas de baignoire dans la salle de bains. Laisse la porte ouverte, je compte assister à la cérémonie.

Docile, elle se dépiaute entièrement.

– Et surtout ne pleure pas le savon, ma gosse ; après le chien et le cocu, c'est le meilleur ami de l'homme.

– Vous me trouvez malpropre ? s'inquiète le moustique, avec déjà des projets de larmes dans les vasistas.

– Trois jours sans te briquer le fion, tu commences à renifler la marée basse, mon chou. C'est humain. Vas-y ! Fais-toi étinceler de partout pour qu'on connaisse des étreintes hollywoodiennes !

Aussi sec, si je puis dire en pareil cas, elle se dénudise. Soixante secondes plus tard, j'ai la satisfaction de la voir se fourbir les recoins à travers le rideau de la douche. Alors je m'étends sur le vieux pageot.

D'un seul coup d'un seul, je me sens à l'extrême bord des exténuances. Si faible que je serais maintenant incapable d'ouvrir une boîte de sardines. Pourtant je n'ai pas sommeil et je continue de phosphorer « pointu ». Mon intelligence est affûtée comme la lame d'un Opinel. Me demande intensément pourquoi le type qui nous a seringués est resté sur le lieu de ses meurtres si c'est lui qui a buté l'officier de marine et ses voisins rentiers.

N'importe quel assassin a le souci de s'emporter le plus loin possible, son forfait accompli. Cependant, le corps du neveu séminariste se trouvait dans la malle de la Safrane ! Y a un truc qui cloche, dans cette histoire. Entre l'instant de l'hécatombe nocturne et celui où j'ai retapissé le pseudo-Makilowski, il a dû s'écouler une dizaine d'heures.

Tu imagines, toi, un meurtrier qui poireaute tout ce temps-là avec de la viande froide plein son coffiot ? Alors quoi ?

Alors rien.

La chérubine arrête sa douche et sort de la guitoune, ruisselante. Les poils de sa chaglatte sont emperlés, ce qui leur apporte une jolie brillance. Son pubis est dans les tons châtains. Je la regarde s'essuyer la boîte à pafs. C'est joli comme spectacle. Émouvant. Discrètement excitant. Je lui brouterais bien la cressonnière, si j'en avais la force. Mais il est des instants où, ni le désir, ni la volonté ne peuvent venir à bout de l'épuisement.

– Quand tu sera sèche, ma poule, tu viendras me composer un numéro de téléphone.

Elle se hâte. M'apporte sa fraîcheur. Enfin elle sent le *clean*. J'en rêvais depuis que je la connais. Un peu gras-d'os, dans son genre, la gentille. Les montants saillent davantage qu'ils ne devraient, à cet âge. Les hanches, surtout. Mais sa petite poitrine est jouable.

Je lui donne le numéro de Jérémie et elle s'empresse de le composer. Ensuite la nymphette me passe le relais.

– King-kong? murmuré-je.

Loin de se fâcher, il éplore :

– Putain, t'as une voix d'outre-tombe, mec! Ça va plus mal?

– Non : je viens de déménager et ça m'a fatigué.

– Où es-tu?

– Ailleurs. Dis-moi, dans la Safrane du pseudo-Makilowski, a-t-on retrouvé un drap, des chaussures, des gants ensanglantés?

– Non.

– Tu en es sûr?

– Et même certain.

– Comment marche l'enquête?

– Elle fait du home-trainer.

– Pas de nouvelles de notre agresseur?

– Aucune.

– Putain de sa mère! Ce mec a dû fuir sans sa bagnole et il avait la gueule tuméfiée; ça se remarque!

— Il s'est peut-être déguisé en nègre ! ricane Blanche-Neige.

— La tire n'a pas parlé ?

— Voiture volée dans la soirée des meurtres.

— Rien de révélateur à l'intérieur ?

— Des chiées d'empreintes qui sont en cours d'examen à l'Identité.

— Merci. Conserve ton bigophone branché jour et nuit, je risque d'avoir besoin de toi.

— Mais où donc es-tu ?

— A l'hôtel ; c'est plus joyce que l'hôpital.

— T'es louf de ne pas te laisser soigner !

— Mais je me laisse soigner, grand con ! Tiens, pendant que je te parle, une exquise infante est en train de me lécher les couilles avec une application riche de promesses !

— T'es increvable, quoi !

— Et je le resterai jusqu'à ce que je crève ! Des nouvelles de Béru ?

— Pas la moindre. Je commence à m'inquiéter.

— Essayez de vous bouger le fion pour le retrouver. On branle nibe dans cette taule quand je ne suis pas là !

La gosse cesse de me pomper le dard pour remettre le combiné en place.

— Au fait, j'ignore toujours ton nom, lui fais-je.

Elle dit, avant de m'entonner le chibre dere-chef :

— Je m'appelle Édith.

Comme Piaf ! Je l'aurais parié.

15

TROUPE DE CHEVAUX

Comme il fallait s'y attendre, je l'ai limée en conscience.

C'était pas Mata Hari, au plan radada. Cette gentille péteuse aurait eu du mal à se faire confier des secrets d'État sur l'oreiller. Mais elle s'expliquait de la figue bravement, s'efforçant aux ardeurs et s'autorisant même une plainte friponne de bon ton au plus fort de ma fantasia. Pour peu que les circonstances de la vie y mettent du leur, elle acquerrait bientôt l'initiative indispensable aux prouesses amoureuses de classe. Une série de bouillaves avec des gusmen de mon style et elle se comporterait en vaillante pompeuse de braques ; saurait jouer du mec comme Maurice André de la trompette. Le don naturel est primordial, certes, mais toute technique s'apprend.

Elle s'en est dérouillé plein les galoches, la chérie, malgré mon délabrement. Quand je l'ai laissée, elle s'est anéantie sur le vaillant pageot qu'agonisait de ses ressorts à force de troussées impétueuses. Clientèle populaire, donc virile. La fioriture, c'est pour les intellos. Le gars du peuple, lui, tringle sans vergogne, à grands coups de reins appliqués.

Ma pomme, j'étais plus qu'une misère charnelle de l'avoir brossée si tant énergiquement. Va calcer mémère trois jours après qu'on t'ait extrait une bastos des éponges, tu comprendras !

Je souffrais comme un damné, une fois les bourses vidées. Y a fallu que j'appelle le docteur Redon, un bon pote à moi, pour lui expliquer la situasse. Il a poussé des clameurs sauvages en apprenant que je m'étais cassé de l'hosto dans de pareilles conditions. M'a conjuré d'y retourner dare-dare. Les gens, on se goure sur leur compte. J'aurais parié qu'il allait m'assister, au lieu de me faire la morale ; déçu, j'ai raccroché sans un mot.

Y a des jours, les hommes ne sont plus fréquentables. On espère en eux, mais autant chier dans un piano à queue sans tirer la chasse ! En fin de compte, t'es seulâbre, mon grand, tel un noyau dans une pêche.

M. Sébastien, le taulier, m'a fait apporter de l'Aspirine par une gonzesse moche comme trois culs mal torchés. Je m'étais ingaffé que j'avais la bite à l'air. C'est son regard exorbité qui m'a alerté. Mais ma réaction a été trop tardive ; quand j'ai remonté le drap sur ma hallebarde, elle avait contracté un complexe de démesurance, question chopine. Les gugus qui allaient la tirer devraient s'apporter avec des rapières de zouaves pontificaux.

Mes comprimés avalés, j'ai pu prendre un peu de repos. J'avais le goût de sa petite chaglatte dans la clape, Édith. Pas désagréable. Je préfère encore ça au caviar.

Même sans vodka.

J'en ai écrasé tant mal que bien, malgré mes souffrances. Combien de temps ? Impossible de te le préciser. J'ai fait un cauchemar abominable. L'humanité était réduite en esclavage par des gonziers loqués en clodos. Le dessus de notre pauvre petite planète se trouvait déserté et on vivait enfouis dans des grottes profondes plus vastes que la France. Les hommes valides continuaient de creuser tandis qu'on anéantissait purement et simplement les autres. Comme par magie, ils cessaient d'être, selon une volonté supérieure. Je planais au-dessus de cette populace condamnée, attentif aux bourreaux aussi bien qu'aux victimes. Soudain, j'ai vu l'un des kapos faire un signe à un prisonnier. Tous deux étaient gras, voire bedonnants. Ils se sont isolés dans un local invisible dont la porte était en roche. Là, l'occupant s'est assis sur un tabouret et l'occupé a entrepris de lui turluter le Nestor qu'il avait en trognon de chou et d'un vilain gris de viande morte.

Cette vision est à ce point gerbante qu'elle me réveille.

Je retrouve la piaule du petit café-hôtel-restaurant.

Le jour agonise dans les vitres. Je distingue une

ombre chinoise devant la fenêtre : celle d'Édith.
Elle ne porte que sa pauvre marinière cradoche ; le
bas de son corps fluet est dénudé. Elle se tient à
califourchon sur une chaise ; de ce fait, sa chaglatte reste écarquillée.

Avec une attention qui la voue à l'immobilité,
la gosse reluque au-dehors avec mes jumelles. Ça
doit être intéressant car son matage dure.

— C'est beau ou c'est triste ? l'à-brûle-pour-
points-je.

Elle émet un léger cri et manque de lâcher l'instrument d'optique.

Elle murmure :

— Curieux...

— Que regardes-tu ?

— Une vieille bonne femme.

— Que fait-elle de si captivant ?

— Elle glisse des prospectus dans les boîtes aux
lettres de l'avenue.

— Qu'y a-t-il d'étrange à cela ?

— C'est pas une femme, c'est un homme !

Pour lors, je m'arrache du plumzingue et clo-
pine à la croisée.

La personne en question atteint le bout de mon
champ visuel. Elle claudique. Vêtue de fringues
noires, elle porte une sorte de sacoche en bandou-
lière, d'où elle extrait des prospectus roses qu'elle
plie en deux pour les introduire dans les boîtes
accrochées aux grilles des pavillons.

J'empare les jumelles. Fectivement, celles-ci
dissipent l'illuse. C'est bien d'un homme qu'il

s'agit. Ses joues rasées de près sont bleues de barbe, comme l'écrirait la comtesse de Paris et Grande Ceinture, qui en a également. De plus, la distributrice de prospectus a des épaules de routier et des pinceaux qui lui permettent de conserver la position verticale pour dormir.

L'envie me point de me sabouler en grande vitesse pour aller bavarder avec ce personnage. Seulement voilà : je suis plus faiblard que le mec qui vient de traverser l'Atlantique en pédalo après avoir oublié sa musette de ravito.

— Fonce ! enjoins-je à ma bichette d'amour. Suis ce type et tâche de voir où il crèche !

Pendant qu'elle saute dans son jean, je prends de l'artiche et le lui tends.

— Surtout, fais gaffe de ne pas le paumer !

Je la regarde vélocer, depuis la fenêtre. La nuit est à peu près tombée et l'avenue Marie-France Dayot se pare de grisailles vaporeuses.

La gamine sort en trombe de l'immeuble et bombe en direction de la fausse bonne femme que, désormais, je ne puis plus apercevoir.

Vanné par mon nouvel effort, je me recouche, haletant.

Je crois « qu'ils » ont raison, tous : j'abuse !

Après une plombe d'attente, Édith n'est toujours pas de retour. Lors, un remords me taraude. N'ai-je pas commis une nouvelle imprudence en envoyant cette gamine filer un suspect ?

Manière de me requinquer, j'appelle la maison où Félicie, morte d'angoisse me répond :

– Mais, mon grand, tu n'y penses pas ! Quitter l'hôpital, dans ton état !

– Ne te tracasse pas, m'man, je suis dans une clinique privée tout ce qu'il y a de smart. Le ministre, qui m'a obligé de me planquer par mesure de sécurité. Sitôt que je pourrai te donner mon adresse, je le ferai. Tu as pu obtenir des renseignements à propos de Béru ?

– Je pense, oui.

– Alors ?

– Il semble qu'il a pris un taxi de sa propre initiative ; la voiture était une 404 blanche.

– Formide ! Tu sais que tu es une collaboratrice super, m'man ! Je vais illico communiquer le tuyau au service compétent.

– Antoine, mon chéri, on te soigne bien, au moins ?

– Un vrai chapon, m'man !

La comparaison n'a rien de rassurant car les chapons sont élevés pour être mangés.

16

CHEVAUX DE LONGCHAMP

Le gazier de la roulante est un évasif. D'abord il ne me connaît pas et m'a enjoint de répéter mon blase, ce qui incite à la modestie. Comme il manque par trop d'empressement, je lui dis de me passer l'officier de police Rondebière, ce dont il s'acquitte avec la promptitude d'un mouton auquel on ordonnerait de sodomiser la louve de Rome.

Ayant obtenu l'intéressé, je lui demande d'où sort la crevure bougonnante à laquelle je viens de parler. Il m'apprend qu'il s'agit d'un nouveau. A quoi je rétorque que cézigue va devenir un ancien dans les meilleurs délais car je vais m'occuper de sa carrière dès que je serai sur patte. Cette bile épanchée, je lui ordonne de me retrouver le taxoche ayant chargé Bérurier devant son immeuble le jour de sa disparition, lui communique les renseignements à ma dispose.

J'ai juste le temps de raccrocher avant de perdre conscience. C'est pas ma joie de vivre en ce moment. J'aurais dû repeindre notre tonnelle au lieu de m'élancer dans cette croisade en comparaison de laquelle celle de Godefroi de Bouillon n'était qu'une « extension » des Croisières Paquet.

Je refais surface biscotte quelqu'un vient de pénétrer dans ma chambre. Je reconnais Sébastien, le taulier.

— Excusez-moi, murmure-t-il, je voulais savoir si vous auriez besoin de quelque chose ? Mathilde, ma serveuse, dit qu'elle vous a entendu gémir.

— Je devais rêver, désarticulé-je.

— Vous ne voulez pas un potage ?

— Pas faim.

— Vous savez que vous n'avez pas l'air brillant du tout. Selon moi faudrait vous hospitaliser.

— Vous rigolez. Une nuit de sommeil, et demain je serai beau comme une bite fraîche !

— N'en tous les cas, vous devriez boire.

— D'accord.

— Je vous fais monter une tisane ?

— Plutôt du champagne. Je le voudrais bien frappé et servi dans un verre à bière.

Il me mate en déroutance, pensant qu'il y a du ramollissement sous ma coquille.

— Vous croyez ? bée-t-il.

— Quand j'en bois seul, c'est ma façon de le savourer. Je déteste qu'on me le serve dans des flûtes ; j'ai un côté ogre, mine de rien.

— Bon, si vous pensez. Mais faites-moi plaisir : grignotez quelques biscuits à la cuillère en l'éclusant.

— Je préfère du sauciflard.

Du coup, le cher homme radieuse.

— Ah ! ça, c'est bien, et je vais vous mettre également une tranche de mon pâté de la Sarthe ; on ne sait jamais : la pétit vient en mangeant, comme dit le poète !

En fin de compte, c'est un confortable repas que m'apporte Mme Rose, l'épouse du taulier. Elle ressemble à un sac de pommes de terre qu'on aurait essayé de serrer à la taille. Elle est quasiment chauve et son pif en forme de gant de boxe s'orne d'une monstrueuse verrue qui pourrait en figurer le pouce.

Sa vue ne stimule pas mes muqueuses défaillantes, au contraire. Elle a un regard batracien, frangé de cils en poils de porc, et des lèvres pendantes qui eussent été davantage décoratives entre ses jambes que sous son tarbouif. Néamplus, je m'efforce de sourire à cette personne étrange venue de nulle part.

— Mon époux m'a dit comme quoi vous n'alliez pas fort, me fait-elle d'une voix aussi mélodieuse qu'un appareil à broyer les ordures. Alors je vous apporte une spécialité de ma région : « L'Élixir catégorique du Père Flatule ». Si vous en prendrez une cuillerée à soupe ce soir, et une aut' demain au réveil, je vous garantille que vous serez complètement nérégéré.

Mon premier élan est pour lui dire de carrer son flacon bleu entre ses miches où il pourrait aisément passer pour un suppositoire de gala, mais il y a une telle ferveur sur cette bouille de cul, que je préfère avaler son breuvage sans tergir le verset. C'est bizarre : goût d'amande, de noix vomique, de corne brûlée, de jus d'huîtres et de chaglatte en jachère.

La dame est satisfaite de ma prestation.

— C'est très bien, assure-t-elle ; l'effet ne tardera pas à se faire sentir, je vous le promets.

— De quelle région êtes-vous ? m'informé-je.

— De la Haute-Loire.

Elle s'emporte, satisfaite. Que juste alors je me mets à repenser à la fausse infirmière qui voulut me « piquer » la nuit dernière, à la manière qu'on pique son bon clébard au moment des vacances parce que les chiens sont interdits de séjour à la « Pension des Blanches Roches ». Je fantasmagore. Me dis : « Et si cette grosse vachetée était également chargée de me détruire ? Suppose que la dégueulasserie que tu viens d'absorber soit du bouillon d'arsenic ? »

Mon imaginaire prend le pas, tu vois. C'est fréquent lorsqu'on vit des choses pareillement exceptionnelles en venant de se faire retirer une fève blindée du soufflet.

Je souffre en souplesse. Me suffit de ne pas remuer pour que la douleur devienne conciliante. Je mate une mutine araignée qui prend ses repères au plaftard avant de dresser sa tente. Tout vaque à sa vie. S'agit de l'assurer aux dépens des autres ; c'est l'inexorable loi de ce qui existe. Mille questions que je ressasse m'affluent dans le cigare, me sollicitant de leur fournir une réponse valable.

Qu'est-ce que le faux Makilowski a fait du matériel ayant servi à dépecer l'officier de marine ? Les griffes d'acier, les bottes, le drap protecteur chargé de lui épargner les flots de sang ? Bonnes questions, non ? (En anglais : « *good questions* ».)

Autre mystère : personne ne l'a remarqué après qu'il nous a abattus, le Rouillé et ma pomme. Il n'avait plus de bagnole à dispose, se payait une bouille ensanglantée comme la Saint-Barthélemy et, pourtant, il a réussi à s'escamoter dans cette paisible banlieue sans se faire retapisser ! Fortiche, hein ?

D'autres questions, Votre Honneur ?

En voici : pourquoi a-t-on voulu m'achever à l'hôpital ? Nous étions shootés complet, on m'avait opéré, le Grand Sana se montrait plus inoffensif que la dague de bois à lame rétractile de Ravaillac dans un film sur l'assassinat d'Henri IV, nonobstant, on a décidé de l'anéantir. C'est donc qu'on le juge dangereux. Mais dangereux pour qui ? Dangereux à cause de quoi ? Parce qu'on le soupçonne d'avoir découvert un élément susceptible de compromettre la quiétude bourgeoise du meurtrier ?

Je me tourne en direction du plateau que la mère Chosetruc, épouse légitime de Sébastien l'aubergiste, a déposé tout près de mon lit.

Le verre empli de champagne libère une colonne de petites bulles serrées. Je tends une main à ressort pour l'empalmer. Renverse une par-

tie du breuvage, parviens à guider ce qu'il en reste
à mes lèvres craquelées par la soif. Bois à longs
traits.

C'est frais, c'est stimulant.

Par contre, les denrées comestibles qui
l'accompagnent me laissent l'estom' indifférent.
D'accord, il serait plutôt sympa, le pâté du gargo-
tier, mais au cours d'une partie de pêche, voire
d'un pique-nique. Tel que je le reluque, il reste à
l'état de nature morte ; tout à fait morte.

Harassé, je repose mon godet vide. Mal : il
choit sur le parquet, se brise. Faudra que j'y pense
en me levant, pas me seringuer un paturon en
prime. Quand la merdouille t'entreprend, ça n'en
finit pas. Tu te mets à solder des comptes mysté-
rieux, oubliés depuis lurance ; mais le destin
n'oublie rien. Il vigile, le sagouin ; tient la compta
de tes erreurs et salopiades en tout genre pour, au
déboulé de l'existence, te présenter sa note sans
escompte.

Je me dis encore des trucs-machins, une chiée !
Un vrai feu d'artifesse, sous ma coiffe. Où est
Bérurier ? Le souci de ma pauvre Félicie...
L'aurai-je assez torturée cette mère d'exception.
Nuits blanches sur l'ensemble du front ! A travers
elle et le tourment qu'elle a de moi, je réalise que
ma conduite présente est dingue.

Que fous-je dans cette auberge de banlieue,
sans soins cliniques ? Il va bicher la vraie véro-
lance, ton Sana, Ninette. Se contracter des septicé-
mies pernicieuses, grouillantes de bactéries patho-

gènes. Si j'avais encore pour trois balles de lucidité, j'appellerais Police-secours et me ferais driver dans le premier hosto venu.

Allons, réagis, Burnes-pleines ! Un coup de bigophone et on embarque ta viandasse en des lieux plus aptes à l'héberger.

J'avance ma paluche tremblante en direction de l'appareil. Le jour meurt ; moi aussi peut-être ? Seulement lui sera de retour demain matin car il est branché sur l'éternité.

Et puis voilà qu'à la seconde où ma main s'empare du combiné, le grelot retentit.

Le saisissement me tétanise, comme ils disent dans les polars qu'on ne peut lire qu'une fois, vu qu'ensuite ils ressemblent à des boîtes de conserve vides.

D'un effort, j'arrache le bigophone. Le monte à mon oreille et attends.

Je perçois le bruit d'une respiration un peu haletante.

Une pincée (peut-être une poignée ?) de secondes passent.

Enfin, une voix féminine :

— C'est le policier-chef ?

— Je pense que oui, réponds-je-t-il.

— Je suis Interjection, la sœur de Maria.

Ma gamberge pattoune à l'intérieur de sa cage tournante, puis la réalité reprend ses droits.

— Vous parlez de la personne qui faisait le ménage du père Lhours ?

— Exactement.

– Comment savez-vous que je me trouve au *Café des Pêcheurs* ?

– Je vous ai vu arriver cet après-midi.

– Pourquoi m'appelez-vous ?

– Je crois que j'ai des choses intéressantes à vous dire.

– Eh bien, je vous écoute ?

– Au téléphone, ce n'est pas prudent.

– Vous pouvez venir me voir ?

– Si vous voulez.

– Je vous attends.

J'interromps la communication et informe la taulière pachydermique que j'attends une visite, elle n'aura qu'à la prier de monter.

Avant que je raccroche, elle demande :

– Vous vous sentez mieux, avec l'élixir du Père Flatule ?

– Je renais ! affirmé-je en fermant les yeux pour ne plus voir girer le plafond.

coupés court, bouche pulpeuse, regard d'un jaune
ambré fabuleux. J'ai beau me trouver sur le flanc,
aux lisières de la pré-agonie, une forte bouffée de
convoitise m'insuffle assez d'énergie pour que je
puisse remporter l'étape de l'Alpe-d'Huez demain
après-midi.

L'arrivante désarrive en me constatant au lit ;
amorce même un pas de recul.

— Vous dormiez déjà ! s'exclame-t-elle d'une
voix tellement mélodieuse que la peau de mes
bourses supplée mon tympan pour mieux la
savourer.

— Je suis blessé, expliqué-je, et je dois garder le
lit pour l'instant ; mais que cela ne vous empêche
pas de fermer la porte et de vous asseoir près de
moi, mademoiselle Interjection

Elle a un temps d'hésitation compréhensible,
puis accepte ma propose.

L'aimable fille porte un top en synthétique noir
et un jean également négro. Elle dégage un parfum plutôt « présent », mais pas du tout désagréable, qui m'évoque une roseraie qu'on vient
juste d'arroser. Franchement, cette gosse, j'adore-
rais l'expertiser, lui faire un état complet des
lieux. Ce qui me frappe, c'est qu'elle a autant l'air
d'être la sœur de feue Maria, que moi d'être le
frère du président Mobutu.

Je tente de lui sourire, manière de la confiancer.
Elle apprécie cet effort à sa juste valeur et le
récompense d'un sourire qui dévoile ses dents
immaculées.

17

CHAMP DE NAVETS

On fait toc-toc à ma lourde, d'un doigt incertain. Toc-toc, comme le lapin à la lapine. Trois petites bourres et puis s'en vont.

Je m'arrache des torpeurs trempées de mauvaise sueur dans lesquelles je macère.

– Trez! râlé-je pauvrement.

L'huis s'écarte, une lumière de forme trapézoïdale se projette dans ma chambre.

Je tâtonne pour actionner ma loupiote de chevet. Ne la trouvant pas, je murmure :

– Ça vous ennuie d'éclairer ?

Une forme sombre s'affaire. Enfin, le superbe lustre de la piaule que ça représente un gouvernail de barlu, nanti de trois ampoules coiffées de cretonne rose, s'éclaire.

Je cligne des châsses et capte une fort jolie personne, ma foi. Vingt-deux ans et trois mois d'âge, à vue de nœud, mince, idéalement roulaga, des formes médusantes plein le corsage imprimé et la culotte « Chatte mouillée » de Playtime. Visage agréable, harmonieux, dirais-je-t-il, cheveux bruns

– Vous ne ressemblez pas beaucoup à votre sœur, fais-je.

– Maria n'était que ma demi-sœur. A la mort de sa mère, notre père s'est remarié avec la mienne.

– Qui vous avait déjà ? insisté-je.

Elle est gênée, acquiesce.

– Si bien que vous n'aviez comme liens que ceux du cœur ?

– Exactement.

– Ah ! bon, ne puis-je me retiendre de dire, soulagé d'apprendre que cette ravissante fée est aussi apparentée à la bonniche morte que ma Félicie à la *Queen of England*. Est-il indiscret de vous demander ce que vous faites dans la vie ?

– Je suis guide dans une agence de tourisme.

– Vous montrez *Paris by night* à des Espagnols et à des Argentins ?

– A des Brésiliens et à des Américains également, car je parle aussi le portugais et l'anglais.

– Mariée ?

– Pas encore ; j'attends d'avoir une situation plus stable.

– J'envie celui que vous choisirez à ce moment-là, madrigalé-je, en rentreur de dedans invétéré que je serai jusqu'à mon ultime déglutition.

Elle a un pauvre sourire. Évidemment, le moment n'est pas opportun pour lui faire du gringue.

– Qu'aviez-vous à me dire ?

Son joli visage devient soucieux.

— Ma sœur vous a peut-être parlé, avant de se tuer dans cet escalier ?

— Elle ne m'a pas appris grand-chose.

— A propos de la cave ?

— Il n'en a pas été question.

— C'est curieux, car ce qu'elle y avait découvert l'impressionnait.

— Il s'agissait de quoi ?

— D'une issue faisant communiquer la maison de M. Lhours avec un égout collecteur.

— Racontez-moi ça, mon cœur.

— Un jour, elle rangeait des caisses de vin au sous-sol. C'était au début du printemps et de fortes pluies provoquaient des inondations un peu partout en France. Elle a entendu une sorte de grondement qu'elle n'avait jamais perçu auparavant. Intriguée, elle en a cherché l'origine et a fini par découvrir une porte basse située dans un renfoncement ; elle ne l'avait pas remarquée jusqu'alors.

— Intéressant, l'encouragé-je en dégageant ma dextre des draps pour la poser sur son genou admirable, et Dieu sait combien c'est idiot, un genou !

Prise par son récit qui l'oppresse, elle ne réagit pas à ce qui ne constitue encore qu'un mouvement de sympathie. Poursuit :

— La curiosité la poussant, elle s'est accroupie devant cette issue si discrète qu'on ne l'apercevait qu'en s'agenouillant devant elle. Elle a essayé de l'ouvrir, ce qu'elle a pu faire sans difficulté, la serrure ne fonctionnant plus.

– Et alors ? lui donné-je la satisfaction de questionner, car faut être un pauvre glandu privé de savoir-vivre pour laisser une chouette moukère comme elle dévider un récit sans le soutenir par son intérêt.

– Elle est tombée sur un bout de couloir de quelques mètres qui conduisait à l'égout, lequel était en crue, si je puis dire.

Tu sais qu'elle me botte, cette gentille Ibère ? Et quel français elle te cause, la môme ! Surchoix ! Presque académique. Tu le lui boufferais sur les lèvres !

Ma paluche rampe de quelques centimètres, largue son genou pour sa cuisse, si nerveuse et délicatement moulée. Une statue grecque ! Cette fois, elle réagit. Oh ! discrètement, pressant ses jambes l'une contre l'autre afin de bloquer ma main hardie. Sa figure ne marque aucune expression.

– Qu'a fait Maria, ma chérie ?

– Rien. Elle a été impressionnée par le flot grondant et a regagné la cave puis fermé la porte basse.

– Elle a parlé de sa découverte au vieux ?

– Ma sœur voulait le faire, mais avant qu'elle ouvre la bouche, Lhours l'a rabrouée à propos d'un verre à pied brisé. C'était un homme irascible, toujours entre deux vins. Cette algarade a fait pleurer Maria qui était extrêmement émotive. Par la suite, elle n'a pas osé lui en parler.

– Autre chose, douce *señorita* ?

Elle opine.

– Il y a aussi l'histoire du gant, murmure-t-elle.

Je profite de ce qu'elle desserre inconsciem-
ment ses jambes pour remonter d'un cran, non pas
dans son estime, mais en direction de sa chatte.

– Quel gant, ma jolie petite demoiselle ?

– Un matin, en faisant le ménage, ma sœur, du
moins celle que j'appelle ainsi, a trouvé un gant
dans le couloir des chambres.

– Un gant comment ?

– Elle n'a pu dire s'il était d'homme ou de
femme car il s'agissait d'une moufle de moyenne
importance. Elle a cru qu'elle appartenait au vieux
bonhomme, mais il lui a répondu qu'il n'en possédait pas et que ce devait être le livreur de l'épicerie qui l'avait perdue. Maria a questionné le
commis en faisant les courses ; lui non plus ne
portait pas de gants.

– Qu'en a-t-elle fait ?

– Je l'ignore. Probablement qu'elle l'a mis de
côté car c'est... enfin, c'était une fille qui répu-
gnait à jeter.

Re-silence.

Propice. Mes extrémités des doigts viennent
d'atteindre la pliure de la cuisse. Là, un dilemme
se pose ; dois-je tenter de repter davantage ou
serait-il judicieux de marquer une halte ? Saloperie
de jean qui déguise l'intimité d'une fille en Fort
Alamo ! Cette marotte qu'ont les frangines de
s'armurer de la sorte ! D'abord c'est pas bon pour

la respiration du frigounet mal ventilé, n'importe quel gynéco honnête te le dira ; ensuite ça carbonise les rapprochements humains. Une nana sanglée dans ce bénouze de rude toile, faut la décarpiller ! A la tienne, Étienne ! Chaque fois, c'est Jeanne d'Arc en armure que tu dépiautes ! La pauvre Pucelle ! Parfois je me demande comment elle pratiquait quand elle bichait l'envie de faire pipi pendant le siège d'Orléans ? Tu te rends compte ? Avoir besoin d'un fer à souder pour licebroquer ? Pratique, hein ? L'avait intérêt à employer des Pampers.

Je t'en reviens à ma dextre en rideau sur la cuisse de la délicieuse Interjection. J'échafaude une soluce de rechange, car l'ingéniosité du mec est sans limites. Au lieu de la poursuivre sur la face sud, je vais l'entreprendre sur le flanc nord. Le petit bustier, crois-moi, ne saurait opposer une résistance bien farouche. Et les gerces, je l'ai remarqué, aiment qu'on les attaque aux flotteurs. Tu commences par une légère caresse circulaire au bouton de rose. Que parlé-je de caresse ! C'est d'un effleurement qu'il s'agit. Infime ! Juste faire courir le frisson sur le mamelon andalou. Selon les réactions enregistrées, tu construis ta stratégie suivante.

Tiens, au fait, je me sens vachement mieux. Tu crois que c'est l'élixir du Père Dupanloup ? Ou bien l'exaltation sensorielle causée par l'Espagnole ? En tout cas, c'est bon à prendre.

— Encore des trucs de ce genre à me signaler, petite fille ?

La douce Interjection acquiesce. C'est une mine, décidément. Un jour, je la louerai à son agence de tourisme et me ferai organiser un Paris-la-nuit pour moi tout seul ! Je suis convaincu que ça ne sera pas triste !

— Eh bien, je vous écoute passionnément !

Toujours cet air grave, plus exactement « appliqué » de bonne élève passant l'oral du bac.

— Au lendemain d'une nuit de pleine lune, quand elle est venue prendre son travail, elle a trouvé Martin Lhours endormi sur le palier du premier. Il ronflait à s'en déchirer la gorge.

— Il était ivre ?

— Probablement, mais davantage que les autres fois car il a mis des heures à se réveiller, encore restait-il dans un état plutôt comateux.

— Vous croyez quoi ? Que son vin contenait un soporifique ?

— Ou bien qu'il s'était volontairement médicamenté car les nuits de pleine lune le terrorisaient.

— Que pensez-vous de cette peur saugrenue ?

— Qu'il perdait un peu la tête et faisait une fixation là-dessus. C'était un homme malade et qui buvait exagérément.

— Vous ne laissez pas place à une autre hypothèse ?

— Laquelle, par exemple ?

J'avoue, tout en promenant l'extrémité délicate de mes doigts sur sa gorge si douce :

— Je l'ignore ; pourtant, depuis le début de cette terrible affaire, je subodore, malgré mon esprit cartésien, des choses incompatibles avec la raison.

Elle murmure :

– Maria, qui était une fille « nature », émettait exactement les mêmes sentiments. Elle me répétait qu'elle jugeait cette maison hantée et rêvait de trouver une autre place.

– Et le vieillard, comment le jugeait-elle ?

– Elle le trouvait mauvais. Elle se signait lorsqu'elle parlait de lui. En fait elle avait raison et son mauvais pressentiment s'est révélé fondé puisqu'elle a été tuée par cette maison !

Nous nous taisons. J'ai maintenant son sein gauche dans ma main droite. Si tu savais combien il est doux et tiède. Un auteur plus con que moi (il en est, je te fournirai des noms) ajouterait qu'il palpite comme un oisillon apeuré, ou une autre pauvreté du genre. Quand tu les lis, t'as envie de prendre un paratonnerre en guise de tabouret !

C'est joyce. De le caresser, ce tabernacle de velours, me réconforte. Il renaît, Ernest. Sa belle tête casquée veut absolument sortir de sous les draps pour avoir sa part de gâteau.

La jolie chérie, je peux plus feindre la nonchalance. L'instant de s'arracher masque et slip est arrivé. On joue franc-jeu. L'attire contre moi. Pourvu qu'elle vienne pas me bêler des « mais qu'est-ce que vous faites ! » ou autres « c'est pas sérieux », comme la plupart des gnères quand elles sont entreprises ! Cette attitude d'acceptation protestataire est si glandue que j'en ai dégodé parfois. Une gourdasse, de temps en temps, si elle est salope, avec les poils pubiens fournis, je fais l'impasse. Mais dans les cas d'exception, quand ta viande ébullitionne.

Seconde après seconde, j'appréhende une jactance fumelle, dévastatrice de bandaison. Ici, Dieu soit loué, rien à craindre. Elle consent avec une grande simplicité, voire émotion, de se laisser renverser sur la belle carouble écossaise des Sébastien.

Alors je me place sur le côté, en réprimant une douloureuse grimace. M'est avis que si je m'embourbe la suave Ibère, je passerai directo du panard ardent au coma dépassé. Une tringlette, dans mon état, doit engendrer des perniceries irrécupérables.

Mais tu vas voir combien elle est complètement superbe, Interjection : au lieu de faire pattounes en l'air, elle se met face à moi, contre moi. Sa bouche vient chercher mes lèvres et sa menotte mon *big* mandrin moustachu.

Elle a tout pigé, tout accepté.

Merci, Seigneur ! Je m'en souviendrai au moment de douiller le denier du culte !

18

NAVETS BLANCS

Les instants impérissables, on les devine en les vivant. On sait qu'ils ne vous abandonneront jamais tout à fait, qu'on les conservera, la vie durant, tel un talisman, et qu'ils joueront un rôle indéfini dans notre existence, à des moments particuliers.

Malgré mes souffrances, je lui ai fait l'amour avec toute la frénésie dont j'étais capable. Elle m'a fait l'amour également. Pourquoi attribue-t-on à l'homme seul cette faculté? Quand il est total, qu'il procède réellement du don de soi, il est fatalement bicéphale et bisexuel.

Je ne raconterai pas notre farouche étreinte. Celles que je narre avec une louche complaisance ne représentent que des coups de bite. Ici, rien de pareil. Il s'agit d'une passion intemporelle à laquelle l'âme participe autant que le corps. Mais à quoi bon te faire chier avec ce lyrisme de copilote? Ce qui est vraiment grand, tout comme ce qui est vraiment bas, reste intransmissible.

Nous nous aimons.

Point à la ligne.
Et c'est un instant d'absolu.
Point final.

Tu sais quoi?
J'ai faim. Ça m'est venu pendant l'amour,
comme dirait Simone Veil qui s'est gourée de
train aux dernières présidentielles (mais la vie est
encore plus longue que ma queue, et les erreurs
d'aujourd'hui préparent les réussites de demain).

Interjection reste prostrée sur le lit, la jupe
retroussée au-dessus du ventre, le slip accroché à
son pied droit et le top roulé en corde à son cou.
Avait-elle un soutif? Le mystère reste entier! Si
c'est le cas, il a été englouti par le tumulte du
pageot en délire.

Je me lève sans bruit pour gagner la fenêtre. La
Seine rutile, à quelques mètres. Au ciel, une Lune
gibbeuse se laisse dériver à travers des nuages mal
fagotés. Il semble qu'un petit vent incertain passe
la main dans la tignasse des platanes. Je mate sur
ma gauche et aperçois le pavillon de feu Martin
Lhours. Plus que jamais, il a un côté « maison du
crime ». Je suis certain de le trouver, tel qu'il
m'apparaît présentement, dans une revue spéciali-
sée, avec, en médaillon, le portrait de l'officier de
marine.

Titre envisageable : « *Le Mystère du pavillon
maudit* ». Je respire l'air de la noye aussi profondément que mon éponge perforée me le permet.
Des senteurs aquatiques me parviennent, mêlées à

celle, légèrement gluante [1], des peupliers bordant
les rives. Je me teste en esquissant quelques pas
dans la piaule. L'édifice vacille mais tient bon.

– Vous voulez bien m'aider à me rhabiller ?
demandé-je à Interjection, laquelle, remise de la
secousse tellurique que je lui ai infligée, suit mes
faits et gestes d'un œil ébloui d'admiration et de
gratitude charnelle [2].

Elle saute du lit, la jupe toujours troussée, les
nichebabes à la bade, comme on dit à Bourgoin-
Jallieu, le maquillage ravagé par mes goinfreries
préalables. J'admire sa grâce indestructible, sa
chattoune semblable à la plaie d'un hévéa en cours
de production, les cernes de ses yeux qui attestent
ma furia gauloise.

Décidément touché par l'amour, je la serre
contre moi. Et je lui déclare une chose inouïse :

– Je crois bien que je vous aime, *señorita*.

Son visage s'enfouit plus fort dans le creux de
mon épaule, là qu'un homme sent vraiment le
mâle.

On demeure un temps indéterminable, soudés,
muets, hors du monde. Comment se peut-il que je
me sois mis à ressentir spontanément un amour
d'une telle violence pour une inconnue ? Quel sortilège m'enveloppe de ses rets ? disait récemment
un équarrisseur de bœufs avec qui j'étais allé à un
récital, salle Gaveau.

1. Une *odeur gluante* ! t'exclameras-tu. Oui, te confirmerai-je,
avec un bras d'honneur en prime.
2. Si tu trouves que j'en ai rajouté, biffe : je ne me rebifferai
pas.

Est-ce à cause de mon état de faiblesse, de la fièvre, de la douleur qui me tenaille que je suis ainsi la proie de ce fabuleux sentiment? Que te répondrai-je? Je ne suis, pareil à tous mes frères humains, qu'une anomalie cosmique; rien qu'un truc en vie lancé dans l'infini, venu de rien et qui y retourne.

Nouvelle série de baisers qui ont un goût de chatte fraîche. Et puis, avec des soins quasi professionnels, elle me remet dans mes hardes.

— Si vous aviez la force de venir chez moi, je referais votre pansement, dit-elle.

Cette propose me surprend, vu la gravité de ma blessure.

— Vous sauriez?

— J'ai été secouriste.

On s'embarque à pas comptés. Le duraille, c'est l'escadrin au père Sébastien. Elle m'aide en me soutenant. La rampe fait le reste.

La gentille Interjection dispose d'une chignole appartenant à son agence, une petite Renault mauve inspirée par l'œuf davantage que par la poule. Je m'y love en souffrant comme un damné. Fouette cocher [1].

A peine avons nous parcouru cent soixante-six mètres cinquante que je crie :

— Arrêtez!

Interjection pile net, mais je ne suis plus à une bosse près.

– Qu'y a-t-il ?

Je lui désigne un pavillon de meulière dont les proprios sont probablement partis en vacances car il est boutonné de la cave au grenier.

– Amour, vous voulez bien aller extraire de cette boîte aux lettres le prospectus rose qui en dépasse ?

Elle m'obéit, ce qui me vaut d'admirer sa silhouette à la lumière de l'éclairage parcimonieux de l'avenue. Me rapporte le feuillet. J'actionne le plafonnier pour prendre connaissance du texte. Celui-ci n'est pas imprimé, mais rédigé à la main, au moyen d'un stylo feutre.

Je lis :

Si vous auriez quéquchose à dire, n'a propos des crimes de là venue, vous risquez de palper un monçal de blé. Discrétion garantille. Appelez au numéro disjoint : 34 87 22 72.

C'est pas signé pour le public, mais pour moi ça l'est, et en lettres géantes ! Béru ! Me semblait bien que la grosse femme qui distribuait ces fafs me disait quelque chose !

– Vous avez l'air très heureux, remarque ma tendre Ibère.

– Je le suis, assuré-je.

Mon soulagement est tel qu'il s'exprime par un long baiser, prodigué jusqu'à mes limites en oxygène.

Au-dessus de la Seine, *the Moon* paraît se marrer à s'en crevasser la mer des Félicités.

19

BLANC D'ESPAGNE

Tu sais que c'est plutôt mignonnet chez Inter-jection ? Il s'agit d'une ancienne resserre de jar-din, au bout du petit parc entourant une maison dite « de maîtres ». Le bâtiment devait tomber en quenouille et un bricoleur astucieux l'a rebecté pour qu'il devienne un logement de deux pièces.

Tout en m'en faisant les honneurs, ma récente conquête m'explique que la demeure est habitée par deux sœurs nonagénaires qui finissent imper-ceptiblement leurs vies dans les fastes rassis d'une bourgeoisie déliquescente.

L'apparte des deux Espanches se compose d'une cuisine-salle à manger et d'une chambre pourvue d'une imperceptible salle d'eau (pour se laver la bite au lavabo, t'es obligé de rester dehors !).

L'ensemble est simple, mais propret, avec des velléités de bon goût dans les objets rapportés.

— Déshabillez-vous et allongez-vous sur le lit, m'enjoint la chère âme, non sans avoir préalable-

ment étendu une grande serviette de bain sur sa
couche.

J'obtempère.

Pendant mon décarpillage, elle extrait d'un placard des ciseaux de chirurgie, un bac émaillé, de
la gaze, plus différents flacons au contenu bizarre-
bizarre.

Ensuite de quoi, ma petite fée andalouse se met
à retirer mon pansement. Quand elle a terminé, je
ressens plus vivement la douleur. Bien que je sois
à plat ventre, en tournant la tête, j'aperçois Interjection (ça ne s'écrit pas commak en espanche,
mais on s'en tartine le prose au beurre de caca-
huète, n'est-il pas ?) dans la glace d'une vieille
armoire en provenance de chez Dufayel.

Elle a une grimace très révélatrice de son
inquiétude.

— C'est si moche que ça ? lui demandé-je.

Elle croise mon regard par l'intermédiaire du
miroir et hoche la tête.

— Je pense que vous devriez aller dans une clinique ! La blessure suppure et ses lèvres sont
bleues.

— Je verrai un peu plus tard.

— Pourquoi cette obstination ?

— Parce que je suis flic et que je ne veux pas
lâcher le morceau à un moment « déterminant ».

C'est de la femme à toute épreuve. Au lieu de
m'émietter les claouis avec des protestances inop-
portunes, elle se met au turf. Nettoyage appro-
fondi de la cicatrice, puis saupoudrage d'un anti-
septique. Ensuite, elle refait le pansement.

– Franchement, ce n'était pas raisonnable de quitter l'hôpital.

– Si, puisque ça m'a permis de vous rencontrer.

Elle n'est pas habituée à ce genre de madrigal et en est troublée.

– Vous devez comprendre que vous avez besoin de soins, murmure-t-elle. Il faut vous administrer des antibiotiques et examiner cette plaie avec des moyens dont je ne dispose pas.

– Demain ! dis-je.

– Vous me le promettez ?

– Oui, mon ange. Donne-moi quelque chose de fort à avaler, si toutefois tu possèdes de l'alcool.

– Du Patcharan ?

Je connais cette liqueur espagnole et l'apprécie.

– Bonne idée.

Je traverse alors une courte période de détente. J'ai une panne d'énergie, les roubignes essorées, mais l'âme en félicité. C'est fou ce que le rayonnement de ma nouvelle compagne me rend intimement euphorique. De la voir, là, à mon côté, m'inonde d'un bonheur capiteux. Les filles de bonne rencontre, il faudrait pouvoir en faire des « inclusions » pareilles à celles de mon ami Arman. Les noyer dans un bloc transparent pour qu'elles ne changent plus jamais. Les transformer en œuvres d'art, quoi !

J'aimerais que ma bite soit prélevée de ma dépouille, un jour, et exposée dans une galerie de Saint-Germain-des-Prés, non pas en qualité de phénomène, ce qui ne serait réalisable qu'avec le sexe de Bérurier, mais en tant qu'œuvre d'art. Et on placerait à côté d'elle la liste de toutes les belles qui l'ont dégustée : les illustres seulement, telles la reine Babiola ou Mme Tâtechère.

Elle s'est assise près de moi, mais plus haut, le dos contre le montant du plumard. Elle me caresse le visage de ses doigts légers. C'est l'extase. Les sœurs Brontë en cale sèche, le cœur content, comme dit l'admirable Trenet.

Je soupire :

— Tu accepterais de vivre avec moi ?

La caresse qu'elle me prodiguait sur la joue ne s'interrompt pas.

— Vous ne savez rien de moi !

— Juste ton nom, et c'est plus que suffisant. Je ne te demanderai jamais rien de plus ; ne rencontrerai aucun des personnages qui te sont familiers, fût-ce ta mère. On voguera dans un éternel présent. Il ne sera question que d'amour entre nous. Tout autre sujet sera prohibé.

— Vous vous lasseriez vite d'une telle vie.

— Peut-être, mais nous l'aurions vécue.

— Vous êtes un être rare.

Que répondre ?

Je suis ému. On m'a souvent traité d'homme, jamais « d'être ». Et c'est vrai que je suis cela avant tout, et avec une sourde violence : un être humain.

— Ta liqueur m'a fait du bien ; je vais pouvoir me remettre en marche.

— Pour aller où ?

– Oh ! pas loin d'ici.

– A l'hôtel ?

– Non : chez le père Lhours où travaillait ta pauvre sœur.

– A cette heure !

– C'est la meilleure pour l'explorer tranquillement.

Je te le répète, ce qui m'emballe particulièrement chez ma jolie Espanche, c'est sa soumission à ma volonté. Macho, qu'il est, l'Antonio, hein ? Je vois d'ici la levée de fourches chez certaines « trices » qui vont encore me traiter de despote. Mais qu'y puis-je ? J'ai pas envie de me refaire : je serais capable de me louper encore une fois.

Comme l'a dit un coureur du Tour de France, après la mort de son coéquipier italien : « Avec ou sans casque, on est vraiment peu de chose. » Moi, y a lurette que j'en porte plus.

Interjection demande :

– Comment allez-vous y entrer, vous n'avez pas la clé ?

– Je possède toutes les clés en une, ma chérie.

Toujours sa manière de ne pas insister. Elle émet une idée, et quoi que tu en fasses, s'abstient de la développer. Ses objections sont à pièce unique. Elle est constructive à l'économie.

Au bout d'un peu, on décarre. Je devrais sans doute lui dire de rester chez elle et de pioncer, mais j'ai trop besoin de sa présence.

– Stoppe avant la maison, si tu veux bien.

Elle.

Je m'extrais. Ça gire un chouïe sous ma coiffe. J'embarde en marchant. La chérie me biche par une aile. Ainsi fait-on avec son papa quand il a trop éclusé à la noce de la cousine Adèle. Le paveton me paraît plus souple que du caoutchouc Mousse.

Le principal Miborgne n'a pas fermé à clé la porte du jardinet; celle-ci lance une plainte de poulie rouillée en s'ouvrant.

– Attendez-moi là, ma puce.

Je ne crois pas qu'elle apprécie le « ma puce », non plus que mon ordre. Pourtant, obéissant à sa docilité naturelle, elle s'immobilise après s'être assise sur le muret soutenant la grille.

Bibi biche le cher sésame et va tutoyer les serrures. *No* problème. J'entre chez le défunt marin en toute facilité. Une sale odeur saisit mes narines que l'air des bords de Seine a salubrifiées.

Mon stylo-torche est fidèle au poste dans ma fouille intérieure. Son faisceau intense me guide jusqu'à la cave. Certaines marches sont encore souillées par le sang de la pauvre Maria, lequel est devenu d'un brun écœurant.

Voici la porte donnant sur le collecteur. Je l'ouvre sans barguigner (d'ailleurs je ne barguigne jamais). Une fraîcheur putride me seringue le tarbouif. Écœurante. Je débouche dans un conduit d'un mètre soixante où grouille une faune que ma loupiote met en fuite. Un ruisseau fangeux coule dans ce tunnel peu profond, frangé d'un immonde limon.

Je promène ma *luce* sur ces putricités. Dans le lit de l'égout, d'étranges épaves gisent : cafetières cabossées, brocs sans fond, bouteilles de toutes contenances, débris de mobilier, chats crevés en décomposition, carcasses de vélo, tampons périodiques neutralisés en fin de mission, voitures d'enfant, masques à gaz, ressorts à boudin, machines à coudre, fœtus en tout genre.

J'hésite sur la direction à choisir : amont ou aval ? Une inspection du sol me fait opter pour l'aval ; en effet, je distingue nettement des traces de pas imprimées dans le sol de la courte rive du ruisseau.

Je m'engage donc vers la Seine où se jette l'égout. Selon mon estimation, le fleuve doit se trouver à une bonne centaine de mètres. J'avance, courbé, vacillant, regrettant de ne pas être chaussé de bottes car, à tout bout de champ, je me file une pattoune dans la gadoue.

De temps à autre je dois m'arrêter pour cause d'essoufflement et de titubance exagérée. Elle a raison, ma petite chérie : si je m'obstine à ne pas tenir compte de mon état, il va empirer. Ça signifie quoi, « empirer » ? Qu'une septicémie risque de se déclarer et que le bel Antonio ira se faire plomber les molaires avec l'argile du cimetière. Malgré cette perspective peu alléchante, je vais, vais de toute mon énergie, enfonçant mes paturons dans l'eau pourrie qui malodore à m'en flanquer la gerbe.

Mon guignol bat la breloque. Qu'à la fin, je suis

dans l'obligation de m'asseoir sur la carcasse d'une cuisinière à gaz coincée dans le tunnel.

Pendant que je me reprends, je promène la lumière de ma lampe au plafond. C'est alors que j'avise une chose déconcertante. Un fil électrique court le long de la voûte. Il est fixé à des pitons chromés qui semblent assez récents. Je me demande fortement quel est l'usage de cette installation qui ne sert pas à l'éclairement.

Courageusement, en embardant, sacrant, je continue mon déplacement dans le boyau fangeux. Parfois, j'éclaire le plafond pour constater que le câble est toujours là, comme un fil de trolley.

J'arrive au bout du tunnel. Il cesse dans un luxuriant buisson d'arbrisseaux : des enfants de peupliers pour la plupart, qui s'élèvent parmi des plantes exubérantes aux feuilles en palette de peintre. La Seine est là, à quelques mètres, « miroir d'argent sous la lune », écrivait une romancière dont on a ablaté les ovaires qui finissaient par être nazes.

Ayant atteint l'embouchure de mon boyau, je cherche ce qu'il advient du fameux fil. Il me faut un sacré bout de moment pour découvrir qu'au sortir du collecteur, il s'élève verticalement jusqu'aux branchages d'un arbre et disparaît parmi les feuilles.

Comme tu t'en doutes, je n'ai pas la force de me hisser dans le peuplier. Ma seule ressource c'est de le retapisser depuis le sol. Après pas mal d'investigueries je finis par le discerner. Il quitte

l'arbre pour en rallier un autre. Je comprends alors
que ces jeunes peupliers tiennent lieu de poteaux.
Dès lors, il m'est relativement aisé de suivre le
cheminement du câble. J'éprouve une exaltation
radieuse ; j'ai l'éblouissante sensation que cet
étrange fil d'Ariane va me guider vers des révéla-
tions merveilleuses.

Après les peupliers, il oblique carrément sur
l'agglomération, traverse une zone en friche et
pique en direction d'une maisonnette sans goût ni
grâce. C'est la bicoque de banlieue destinée à plus
humbles que les modestes. Carrée, toit à deux
pentes, crépi d'un crémasse pisseux, volets déglin-
gués qui furent verts avant d'être décapés par les
intempéries. La maison en question doit compor-
ter tout juste trois pièces, et des pas grandes. Elle
est entourée d'un jardinet inculte où des rosiers se
sont lentement transformés en ronces. Une
antenne de télé semble presque anachronique sur
cette guitoune agonisante. Autre signe d'opulence : une Saab 900 décapotable du dernier
modèle.

Je m'en approche, indécis, troublé, avec le bat-
tant qui chamade à en perdre ses bretelles.

Juste que je m'interroge sur l'heure, une horloge de ville dont je ne peux déterminer si elle est
laïque ou religieuse, y va de dix coups bien son-
nés.

Le gars ma pomme (en américain : *my apple*)
commence par mémoriser le numéro de la
chignole, laquelle est immatriculée dans les

Alpes-Maritimes. Ensuite de quoice, je promène le faisçal du stylo magique à l'intérieur du véhicule, mais sans rien découvrir qui vaille un coup de cidre.

Me sens gonflé à bloc, malgré mon état branlant. J'ôte mes groles boueuses comme il est chaudement recommandé de le faire dans les manuels du parfait détective, en vente dans les bureaux de tabac et à la cour d'Angleterre, afin d'opérer un tour complet de la maison. Je perçois la rumeur creuse de la téloche, ce qui dénote une présence.

De plus en plus décidé, je tente d'aller coller un œil au trou de serrure, mais sans en retirer d'avantage. Alors je brusque les choses, ce qui est hautement déraisonnable. Tout autre flic, à ma place, s'assurerait le concours de ses collègues. Las ! cela impliquerait de la paperasserie, tout un zef de chiasse auquel j'ai toujours répugné, car il est le synonyme d'ankylose.

A moi, mon cher sésame !

Essayant de garder le geste assuré, je coule mon passe magique dans une Yale à mine patibulaire. Le genre ergoteuse, pleine de petits trucs viceloques qui font perdre du temps aux gentils casseurs en exercice. J'agis avec le max de discrétion, mon ouïe aiguisée comme une lame de voyou. Bon, ça se passe. J'espère que le ou les habitants de la crèche s'intéressent à leur émission de téloche.

Opération réussie ! la sournoise cesse d'obstructionner. Je reprends ma respirance, patiente un brin pour que s'atténuent les battements de mon palpitant. Il est rétif, l'apôtre, depuis que mes soufflets ont encaissé un morceau de ferraille calibrée !

Ayant retrouvé ma sérénité organique, je décide de tenter l'aventure. Pour commencer, je dégage mon camarade Tu-tues de mes brailles et le glisse sur mon ventre afin qu'il soit plus aisé à emparer. Voilà, à toi de chanter ta romance, d'Artagnan ! Je pousse la porte avec un luxe de précautions dont la nomenclature nécessiterait vingt pages sans interlignes, écrites en petite italique.

Mais qui est-ce qui l'a *in the babe*, Gontrand ? Messire moi-même, ce pour la raison primordiale que cette vachasse de lourde est équipée d'une chaîne de sécurité. Alors là et dans mon cas, c'est purement catastrophique, Angélique. Tu m'objecteras que j'ai toujours la ressource de la faire sauter d'un coup d'épaule ; seulement je n'ai pas le courage de jouer les boutoirs. Et si je l'avais, ce coup de force ferait du barouf.

Déconcerté, je balance sur la suite de mes investigations. Abandonner momentanément la partie ? Non, mais tu me connais ?

Sans m'arrêter de phosphorer, j'explore mes fouilles toujours équipées de gadgets intéressants, dus à Mathias pour la plupart. C'est ainsi que je déniche, dans une *pocket* secrète ménagée dans le pli de mon bénoche, une mince scie à métaux large de deux millimètres et longue de dix centimètres. Elle est faite dans un métal extrêmement dur. Ce que je vais entreprendre est culotté, certes, mais n'est-ce point là ma vocation que de l'être ? aurait dit le cher roi Dagobert qui n'a immortalisé son règne que parce qu'il s'est assis sur sa braguette.

Je scie avec une infinie lenteur, en tenant le panneau le plus ouvert possible afin de tendre la chaînette. Il me semble que la lame produit un bruit terrible. Je prie avec ardeur pour que la téloche couvre ce grignotement âpre. Me persuade que c'est le « qui-vive » qui amplifie la morsure de la lame ; qu'en fait, elle est ténue et se perd dans les déconnades du poste.

Au bout d'un instant la scie est engagée dans le métal du maillon.

Et alors, au plus intense de mon effort, un autre son retentit. Un crachotement sec.

Stupéfait, je sens un frelon contre ma tempe et, avec ahurissement, constate qu'un trou du diamètre d'une pièce de cinquante centimes vient d'être pratiqué dans le panneau de bois.

Heureusement que mes réflexes demeurent rapides, malgré l'état « comme ma queue » (dirait Gérard) dans lequel je stagne plus ou moins. Au sol ! Vite !

Bien m'en chope car trois autres bastos perforent la porte.

Je reste allongé à terre. Comme on dit puis dans les *books* à trois francs six pences : « un liquide chaud » ruisselle dans mon cou. Manifestement c'est pas ma période de chance ; j'aimerais

prendre connaissance de mon horoscope établi par
la jolie Elizabeth Teissier, voir ce qu'elle raconte
cette semaine sur les Cancers du 1er décan. Doit y
avoir une planète à la mords-moi-le-paf qui nous
fait de l'ombre, je sens.

La porte est dépônée, un rectangle de clarté
tombe sur moi. Je m'astreins à ne pas broncher
d'un poil de zob ! L'instant est aussi solennel que
celui de ma première communion. Il est clair que
quelqu'un a défouraillé de l'intérieur avec un
tromblon équipé d'un silencieux. La maisonnette
étant isolée, il en a rien à branler, ledit quelqu'un,
de me finir d'une bastos dans le cigare. Au point
où il en est, il aurait tort de se gêner, l'artiste
équarrisseur.

Deux ombres se projettent près de moi, que je
n'ai pas le temps d'admirer.

Une voix masculine dit :

– C'est ce salaud de flic !

– Il est mort ? demande une femme à la voix
grave.

– Peu importe ; avec celle que je vais lui mettre
dans le cervelet, le doute sera dissipé.

Dis donc, Sana, te voilà prévenu, non ? C'est le
moment de faire quelque chose de positif pour toi
si tu as envie de passer Noël avec ta vieille
maman. Ma main serre la crosse de l'ami Tu-tues.
Putain ! Dans mon délabrement physique,
j'oubliais d'ôter le cran de sûreté.

Le flingueur s'approche.

Allons, faut aller au charbon, mon pauvre

Antoine ! Oublie tes souffrances, ta faiblesse et le reste !

Compte tenu de mon état, comme disait Charles Quint, ça s'opère plutôt bien. C'est ma fulgurance qui emporte le morcif car elle déconcerte mon « tueur », lequel me croyait *out*. Lorsqu'il a la présence d'esprit de lever son arme, c'est Messire Mézigue qui défouraille le premier. Il s'en biche deux *very* bioutifoules. Une dans le bras droit (et il en lâche son composteur), l'autre dans le baquet (ce qui va le gêner pour digérer le plat de lentilles contre lequel il a échangé son droit d'aînesse).

Il s'incline en avant. Ses lunettes à monture d'or choient sur les opus incertains qui essaient d'agrémenter le seuil. Je rampe pour m'emparer de son parabellum : une fort belle pièce d'artillerie, ma foi.

C'est en exécutant ce mouvement que le tournis me prend.

Mon dernier sentiment est un renoncement indicible. J'ai la certitude éperdue que tout ça est terriblement vain, stupide et sans conséquences notoires.

J'aimerais pouvoir appeler Félicie, mais plus rien ne fonctionne dans ma carcasse. J'ai encore le temps de me dire qu'une belle machine à gamberger comme la mienne ne devrait pas s'anéantir.

Confiture à donner aux pourceaux, disait mémé. C'est triste, de la part d'un garçon pas

trop mal de sa personne, spirituel, bien chibré,
serviable et tout! Pour devenir quoi? De
l'humus? De l'azote? Trois dents en or dans
un cercueil (des molaires taillées dans la
masse)...

   Pauvres de nous tous!

20

PAGNE DE NOIR

Perceptions confuses...

Une sirène d'ambulance. Un plafonnier à la lumière livide. Peut-être, également, des remugles de médicaments ?

Une sensation de présence réconfortante. Une main fraîche sur le dos de la mienne. Et encore un éboulement interne. Impression d'ensevelissement. *Bye*, Antoine ! « Quand faut y alla, faut y alla ! » disait le père... Le père qui, au fait ? C'était y a longtemps, y a très loin : à l'époque où je vivais encore. Je me sens défaillir pour tout de bon.

Là, pas d'erreur, je prends congé. Je suis soulevé de terre, déposé sur le bord d'un gigantesque entonnoir qui s'enfonce dans le néant.

Lâchez tout ! C'est bon pour moi !

Glissade lente, au début, mais qui s'accélère follement.

Ah ! ne plus être ; quand on s'en rend compte, quelle volupté !

*
* *

Un grand mur blanc. Et la certitude d'avoir rêvé longtemps, avec une folle intensité, ce qui précède. A preuve ? Je suis dans le même hôpital que très antérieurement ; probablement dans la même chambre. Félicie est assise à mon chevet, prostrée ou presque, car ses lèvres remuent pour une prière. Je reconnais les écaillures du plaftard et le chromo du mur qui représente un petit enfant noir, dépenaillé, adressant un geste d'adieu à une jeep de la Croix-Rouge en train de s'éloigner dans un épais nuage de poussière ocre.

Je suis inexistant à force de faiblesse. Me demande si je meurs ou, au contraire, ressuscite. En tout cas, c'est presque du kif. Il est détaché de la vie, ton vieil Antonio, l'ami. N'y tient que par une ficelle effilochée.

Chose bizarre, je ne me pose pratiquement pas de questions, ou, s'il m'en vient, je me tamponne des réponses qu'on peut y faire. Qu'à la fin de l'envoi, je suis touché. Pour le compte.

M'en sortirai-je ou non ? Vais-je mourir ou bien me prolonger encore un chouïa ?

M'man relève la tête. Murmure : « Bonjour, monsieur le professeur ! » Une petite fille. A la communale elle devait avoir cette attitude quand passait l'inspecteur d'académie.

Entre mes longs cils recourbés que les gonzesses adorent, j'aperçois le professeur avec lequel j'ai eu des mots. Voire des maux ! Quand était-ce ? Au cours d'une autre existence ?

Il se penche sur moi. Tiens : il est moins anti-pathique que dans mon souvenir. Il y a même un intérêt certain dans son regard.

– Comment se porte notre tête brûlée ? fait-il en cachant son sourire.

Je rassemble mon énergie, et sans soulever ma main du drap, dresse mon médius pour lui indi-quer mes sentiments à son endroit (et même, à son envers). Ses carabins pouffent, surtout une jolie carabine à la blondeur vénitienne. En voilà une, tiens...

Et puis non, elle ne me fait pas envie. Je suis bloqué par une image floue. A travers des brume-ries épaisses, je tente de déceler un visage ado-rable qui s'estompe sitôt que je veux le préciser.

Épuisé, je ferme les yeux. J'éprouve un début de brûlure sur mes joues.

J'oublie...

***

Par la suite, mon confrère, le principal Miborgne, est venu m'interroger. Bien que cor-pulent, il n'est pas sympa ; la meilleure des preuves est que nous nous vouvoyons. Je n'ai jamais pu le blairer. C'est un aigri. Il a divorcé après que son épouse l'eut trouvé dans le lit conju-gal avec deux messieurs. Elle n'a pas apprécié que son époux eût un chibre dans le fion et pompât en

même temps celui d'un petit beur. Elle a demandé
le divorce, donnant à cet adultère un retentisse-
ment qui faillit ruiner la carrière de mon confrère.
Depuis, le principal vit en compagnie de sa sœur
veuve et de son neveu, un éphèbe blondassou, au
regard de biche languide. La rumeur publique,
jamais bienveillante, assure que tonton se
comporte en tata.

Alors bon, le voici dans ma chambre, flanqué
de Mordosse, officier de police également, facile à
identifier par les malfrats car il porte sur le cou
une tache de vin dont la découpe est exactement
celle de la presqu'île de Singapour.

— Comment vous sentez-vous, monsieur le
directeur ? demande mon confrère au pot défoncé.

— Comme une bite molle, mon cher. Où en
êtes-vous de l'enquête ?

— L'homme sur qui vous avez tiré est dans un
état critique, proche du coma profond.

— Vous avez percé sa véritable identité ?

— Pas encore ; jusqu'à plus ample informé, il se
nomme Igor Makilowski. Mais le service d'Identi-
fication est dessus. Voici plus d'un an, il a loué la
bicoque où vous l'avez débusqué. Il y venait une
fois par mois environ, d'après les voisins éloignés.

— Pour les nuits de pleine lune, précisé-je.

— Vous croyez ?

— J'en suis certain. Après ?

— Ce type avait apporté dans la masure un petit
poste émetteur relié au logis de Lhours par le collecteur d'eaux usées qui passe sous son pavillon.

– Je l'avais découvert, merci.

Le principal qui a du pot et qui s'en sert, réprime une grimace amère.

– Savez-vous également où est le récepteur ?

– Vous allez me l'apprendre.

Satisfait, il déglutit avant de révéler. Mal lui en prend car son coéquipier le coiffe au poteau :

– Dans le coffrage d'une vieille horloge de bois désaffectée qui se trouve au salon, juste sous la chambre du vieillard.

Le preneur de rond pousse une frite comme sur la pub célébrant le produit salvateur contre les règles douloureuses, tu sais ? T'as toujours deux portraits de la même gerce. Le premier représente la malheureuse pendant ses ragnagnas, l'autre la même après sa cure « d'Armoisan », radieuse et prête à se laisser tirer par l'employé du gaz ou le facteur des paquets postaux.

– Exact, monsieur le directeur, confirme-t-il. Nous avons auditionné la bande, vous ne devineriez jamais ce qui s'y trouve enregistré.

– Des hurlements de loups, dis-je nonchalamment.

Là, il jette l'éponge, le collègue. Je l'écœure à s'autodégueuler.

– Si vous savez tout ! marmeluche-t-il.

– Hélas non, le rasséréné-je. Qu'est devenue la gonzesse qui se trouvait avec lui ?

– En fuite.

– Vous ne savez rien d'elle ?

– Pas encore.

Optimiste, avec ça !

— Vous ignorez qu'elle a failli vous tuer ?

— Voilà qui est nouveau. Expliquez.

— Quand vous avez tiré sur son compagnon, elle s'est approchée de vous, un pistolet à la main. Comme elle allait presser la détente, quelqu'un surgi de l'ombre, s'est interposé et a essuyé les balles qui vous étaient destinées.

— Qui ? lancé-je dans un cri capable de faire se fendiller les vitres de l'hosto.

— Une ravissante Espagnole, répond ce fume-lard, heureux de réaliser qu'il me désespère. Une fille nommée Interjection...

« Attendez, elle a un nom de famille à épi-sodes ; il faut que je le cherche sur mon carnet... »

21

PAGNE DE NOIR (bis)

Too much!

Que de fois, seul dans l'ombre à minuit demeuré, me suis-je dit et répété ces deux brèves syllabes britannouilles. *Too much!* C'est plus éloquent que « trop ». Je les entends d'ici, les ratiocineurs : « Toujours pareil, avec l'Antonio. Dès qu'il a une héroïne intéressante, il faut qu'elle disparaisse ! »

Tu crois que c'est de gaieté de cœur, dis, Poubelle ? Tu t'imagines qu'un plaisir sadique me pousse à éradiquer les gentilles qui longent mon destin ? Peau de zob, va !

Cette môme de fortuité, je la sentais. Je ne l'aurais pas épousée, mais entretenue comme un vieux beau entretient une danseuse. Me serais forgé une « existence en marge ». Elle était faite pour me jouer *Back Street*, la délicieuse. Elle serait devenue mon jardin secret. J'aurais même tu son existence à Féloche. On serait partis en vacances dans des contrées lointaines ; nous nous serions vus plusieurs soirs par semaine, et puis...

Et puis rien. Elle m'a sauvé la vie en offrant la sienne ! Vachement mélo, mais sublime. J'aurai connu ça, moi, Antoine : une fille qui se précipite pour me protéger, me sauver.

— Vous semblez très éprouvé, monsieur le directeur, fait « Plein-les-miches » ; j'aurais peut-être dû vous taire cette nouvelle ?

Ne réponds rien. Regarde le siège où était assise m'man à l'arrivée de mes confrères. Il est vide ; m'man a mis les adjas pour nous laisser entre draupers.

— Comment savez-vous ça ? je murmure.

— Quoi ?

— Que la petite Espanche m'a sauvé la mise ?

— Elle a survécu plusieurs heures et a pu relater les faits. Elle vous avait suivi, poussée par un pressentiment.

Un chariot passe en grinçant dans le couloir. L'existence se poursuit, stoïque. Un jour, faudra bien que tout ça change ! Alors les diplodocus réapparaîtront sur la Terre ; puis les montagnes s'aplatiront pour s'en retourner sous les mers et nous serons enfin peinards !

— Vous m'avez dit n'avoir aucune trace de la femme ?

— Aucune.

— Il y avait une voiture devant la bicoque, une Saab 900 décapotable, immatriculée dans les Alpes-Maritimes. J'ai appris son numéro. Mais avec ma blessure à la tronche, je ne l'ai pas conservé en mémoire. Tout ce dont je me souvienne, c'est qu'il comportait plusieurs « 9 ».

Il possède un petit magnétophone de poche qui lui sert à emmagasiner des notes. Il y consigne mes renseignements concernant la tire.

Puis il dit une chose pas conne, ce gros con :

— Ce qui m'intrigue, c'est l'enregistrement qu'on balançait dans la maison du vieux : des hurlements de loups, un point c'est tout. Ils devaient avoir une signification, non ?

— Très juste.

— La nuit de la pleine lune, des loups ! Il y a une sorte de message là-dedans, vous ne croyez pas ?

— Sans doute.

Il sent que je reste marqué profondément par l'annonce de cette mort.

— Nous vous fatiguons, monsieur le directeur. Voulez-vous que nous vous laissions ?

— Je tiens à poursuivre cette conversation. Le vieux a été inhumé ?

— Hier matin.

— Vous avez assisté à ses funérailles ?

— Non, mais j'y ai envoyé Mordosse.

L'adjoint intervient.

— Je n'ai jamais vu funérailles plus maigres, déclare-t-il. Il n'y avait au cimetière que la fille du défunt et sa belle-sœur, la mère du séminariste assassiné.

— Vous me racontez ces deux dames ?

— La fille porte une cinquantaine pimpante. Belle femme, jolie, même très élégante. Il était clair que seul son devoir l'avait amenée là car elle ne paraissait pas du tout émue.

« L'autre, la belle-sœur, est beaucoup plus âgée. Sous ses voiles noirs, elle avait l'air de jouer une tragédie antique. Elle se sert d'une canne car elle est déhanchée. Au sortir du cimetière, elles se sont séparées avec un minimum d'effusions. »

— Vous avez questionné ces dames ? demandé-je à Miborgne.

Prends-du-rond n'aime point trop que je me mêle de son turf. Désormais, l'enquête c'est lui. Et moi, je suis devenu un témoin. Pourtant, il lui faut se soumettre à la hiérarchie ; alors il ravale ses humeurs.

— J'ai eu une conversation avec la fille. Elle n'a rien pu m'apprendre pour la bonne raison qu'elle ne voit plus son père depuis des années. Pourtant, à travers ses dires, il appert qu'elle le considérait comme un sale bonhomme. Je lui ai raconté l'histoire de l'enregistrement des loups ; elle ne comprend pas à quoi il rime. J'ai également mis l'accent sur une vengeance probable. Il est rarissime qu'on assassine un vieillard avec un pareil raffinement dans l'horreur. Elle m'a dit que son père avait eu un passé orageux, voire mouvementé.

— Vous avez enquêté aussi sur le double meurtre des voisins Margotton, je pense ?

— Certes, mais sans rien définir de positif. Il semble probable que c'est le meurtrier de l'officier de marine qui les a assassinés en coursant le petit séminariste. Un beau jeune homme, soi-dit en passant. Nous nous sommes rendus au séminaire et avons trouvé dans la chambre de Jean-Baptiste

Lhours la lettre dans laquelle son oncle s'adresse à lui pour réclamer son assistance à la prochaine pleine lune. La missive est celle d'un homme que la peur égare. Mais elle contient des accents assez pathétiques. On comprend que le directeur du séminaire lui ait accordé la permission de sortir. Hélas pour ce garçon !

Nous la bouclons pendant un lapsus de temps infini, dirait le Gros. Je trie tout ce bigntz, le range soigneusement dans mon esprit.

Comme s'il lisait dans mes pensées, « Tata Miborgne » déclare :

– On est toujours sans nouvelles de Bérurier.

Je vais pour lui refiler le prospectus que ma pauvre belle âme d'Interjection a piqué dans l'une des boîtes aux lettres de l'avenue, mais je me ravise in extremis. Non ! Chasse gardée. « L'Affaire Béru » m'appartient. J'en ai en tout cas l'usufruit.

– Si vous voulez bien me lâcher les baskets à présent, je suis épuisé, dis-je à mes collègues.

– Nous étions venus prendre votre déposition, objecte l'encaisseur de chibres.

– Une autre fois, mes amis, je suis au bord de la digue-digue.

Ils s'emportent à regret.

– Quand croyez-vous que nous pourrons repasser, monsieur le directeur ? demande Miborgne depuis l'entrée de ma piaule.

Je me retiens de lui dire qu'il patiente jusqu'à la Saint-Trou ; à quoi bon le vexer ? Je me laisse couler dans le plumard.

— Ils ne t'ont pas trop fatigué, mon grand ? demande la voix toujours inquiète de ma chère m'man.

Je la rassure :

— Tu sais, les cons, c'est comme le mal de mer, il suffit de mettre pied à terre pour que l'envie de gerber se dissipe...

Je manque m'endormir. Mais sous ma coupole c'est kif dans les églises, y a toujours une petite loupiote qui veille.

— M'man, mes fringues sont ici ?

— Tu ne vas pas t'enfuir à nouveau de cet hôpital !

— Je te jure que non. Fouille ma veste pour chercher une espèce de prospectus rose, s'il te plaît.

Elle s'empresse. Mes harnais, tu parles qu'elle les sait par cœur, depuis toujours qu'elle les bichonne. Plis impecs, teinturier à la moindre « bougnette » !

Félicie trouve le papier souhaité et me l'apporte.

— Veux-tu avoir la gentillesse de téléphoner au numéro qui figure là-dessus, *my darling* ? Si tu obtiens Alexandre-Benoît, dis-lui de passer me voir le plus rapidement possible, sinon, demande aux renseignements le nom de l'abonné.

Elle se retire, charmée. Pauvre chérie. Sa vie est totalement chancetiquée par les avatars corporels de son « grand ».

Je profite de son absence pour chialer sur la mort héroïque d'Interjection.

22

NOIR DE FUMÉE

Elle a vieilli, m'man, depuis mon rodéo. Elle supporte mal mes misères, surtout physiques. Son « grand », elle le veut toujours *clean*, toujours Bayard de partout ! Mon état se programme dans sa chair. Je considère ses traits pâles et tirés, son regard enfoncé, cerné de bistre, qui reflète son angoisse, quoi qu'elle fasse pour me la cacher.

Je profère la seule chose qui puisse lui apporter quelque réconfort :

— Je me sens en pleine forme, aujourd'hui.

Elle radieusit instantanément.

— C'est vrai ?

— Ça doit se voir, non ?

Elle m'examine, mais je n'arbore pas encore la frime d'un top-model masculin car sa joie s'éteint sous le souffle de l'inquiétude [1].

— Tu as eu Béru ? changé-je-t-il de sujet.

— Non. Il y a un disque au numéro que tu m'as donné, disant que l'atelier Condœuf est fermé

---

1. Quel style extraordinaire !

H. de Balzac

jusqu'au 18 août pour cause de vacances. J'ai su, par les renseignements, que le téléphone est celui de la carrosserie Condœuf Émile, rue du 14-Juillet, à Mégrepot, Yvelines.

Elle ajoute, me tendant un papier :

– Je te l'ai écrit.

Je lis sa note comme s'il pouvait s'en dégager des précisions supplémentaires.

– M'man, murmuré-je, ça te botterait que je te confie une nouvelle besogne, toujours en rapport avec le Gros ?

– Crois-tu que ce soit raisonnable de t'obstiner sur cette enquête dans l'état où tu te trouves ? N'a-t-elle pas été confiée à M. Miborgne ?

– Ce gros pédé est mon subordonné et ce qu'il maquille dans le service relève de mon autorité.

– Tu devrais remettre tout ça à plus tard et ne penser qu'à te soigner.

– Ma poule, fais ça pour moi. Va chez le carrossier Condœuf, frappe si c'est fermé, interroge les voisins, tu devrais fatalement obtenir des nouvelles de Bérurier !

Mes yeux sont pleins d'une telle détermination qu'elle n'insiste plus et s'en va.

Je décide d'en concasser pour tromper le temps et donner à la blessure celui de se cicatriser. Seulement, l'homme propose, et M. Blanc dispose. Il surgit auprès de moi sans que je l'eusse entendu entrer. Il est en chemise sable, à épaulettes et poches multiples, porte un futal crème et des mocassins ultra-souples.

– Alors ? me demande-t-il.

– Alors quoi ?

– Ça va ?

– Un charme ! Cette balle dans le poumon restera le meilleur souvenir de ma vie !

– Tu as l'air désabusé...

– C'est un genre que je me donne pour intéresser les infirmières. Putain, ce qu'elles sont tartes dans cette caserne !

Je hisse ma main à ses narines.

– Tiens, respire !

Il renifle, l'œil interrogateur.

– Ben quoi ? Tes doigts sentent l'eau de Cologne.

– Ils devraient sentir la chatte si les greluses du coin n'étaient pas blettes à chialer. En général, les milieux hospitaliers me portent aux sens, avec toutes ces sauterelles qui n'ont rien sous leur blouse, sinon une petite culotte quand elles sont prudes ! Ici, je me demande pourquoi ces dames ont des tronches de gardiennes de vespasiennes.

Je soupire. Il compatit.

– Tu vas te rattraper bientôt, promet-il.

– Pas tellement sûr : j'aime.

– Elle est belle ?

– Elle est morte.

Il est parfait. Pas de questions chiasseresses. Il a compris ma sincérité et respecte mes sentiments.

– Antoine, j'ai du nouveau à propos de Martin Lhours.

– Du véritable nouveau ?

– Complètement neuf, il n'a encore jamais servi.

– Vas-y !

– J'ai vu Mathias.

– Comment est-il ?

– Davantage roux parce que très pâle. Te rappelles-tu que, juste avant que ce salaud ne défouraille sur vous, il voulait t'apprendre quelque chose ?

Je remonte le mécanisme de ma mémoire, nous revois dans la maison du vieux.

– Oui, ça me revient. Alors ?

– Le Rouillé allait te révéler une découverte qu'il venait de faire.

– Je mouille ! Raconte !

– En cherchant des indices, il s'est aperçu qu'une latte du parquet située sous le lit était amovible.

Je coupe à travers champ, si vive est mon impatience :

– Et que recelait cette cachette ?

– Différents objets et documents qu'il n'a pas eu le temps d'étudier tant il avait hâte de te prévenir.

– Et qui sont où, présentement ?

– Où il les a trouvés.

– Le Rouque a-t-il remis les choses en place, avant de descendre ?

– Là est le problo, grand : il ne s'en souvient plus ! Mais qu'est-ce que tu fiches, Antoine ? s'écrie-t-il. Quoi ! Tu te lèves ? C'est de la folie furieuse ! Recouche-toi ou j'appelle les mochetés du service ! T'es complètement frappadingue, mec ! Tu vas finir par en crever, de cette affaire tordue ! Antoine, nom de fichtre ! sors de ce pantalon tout de suite ! Tu m'entends, tête à claques ?

Tout en boutonnant ma limouille, je me tourne vers lui.

— Conduis-moi, là-bas, au lieu de brailler à la manière d'un commissaire-priseur !

Il me regarde de ses gros lotos fluos.

— T'es beau comme du Corneille, soupire-t-il.

23

FUMÉE JAUNE

La maison de l'officier de marine sent de plus en plus le cadavre : une odeur légèrement sucrée qui vous investit à la sournoise.

– Veux-tu que je t'aide à monter l'escalier ? propose mon *allblack*.

– La rampe suffira.

Plus véloce, il pourrait grimper devant moi ; mais il me sait comme s'il m'avait démonté puis reconstruit. Il n'ignore pas qu'en cet instant d'exception, j'entends piloter moi-même l'opération.

Parvenu au palier, je m'arrête un chouïe afin de récupérer. Si, par mégarde, je deviens très vieux, ce sera ainsi, je le sais. Chacun de mes mouvements constituera un exploit. J'espérerai sans cesse une amélioration qui ne se produira jamais. L'effort le plus quotidien me filera la tremblade et transformera mon guignol en ralenti de voiture déréglé.

– Ça veut jouer ? murmure Jéjé, inquiet.

– Il faut bien !

Je pénètre dans la chambre. D'emblée, elle se dévoile telle que je l'ai vue la dernière fois. Le plumard est en place et rien ne signale qu'il ait été déplacé.

— Écarte-moi ce catafalque ! bougonné-je.

Mon adjoint s'arc-boute pour pousser et dégage le lit. A l'emplacement qu'il occupait, le plancher est couvert d'une épaisse couche de poussière.

Nous nous agenouillons, lui et moi, de part et d'autre du tapis de saletés duveteuses qui ressemblent à une moisissure exubérante qu'on appelle « des moutons » !

— Ne touche à rien ! dis-je au négus de la Rousserie.

J'examine ce quadrilatère de poussières accumulées. Pas la moindre trace de frottement ! Cela fait songer vaguement à un tapis de neige vierge. Je pose ma main sur le bord de celui-ci. Ma paume et mes cinq doigts s'y impriment comme sur une fiche anthropométrique. La défunte Maria ne devait pas être une dingue de l'O' Cédar.

Le grand primate des Gaules est à mon unisson dans l'enquête. Pige tout au même instant. C'est payant d'avoir bouffé des bananes pendant sa jeunesse.

Il me fait :

— *Niente*, grand ! Cette couche de poussière n'a pas été dérangée depuis le premier septennat du président Mitterrand. Notre pauvre Rouquin a des berlues ; faut dire qu'on l'a trépané...

Force m'est d'en conviendre. Ma position age-
nouillée me filant le tournis, il m'aide à me relever
de ses poignes puissantes et m'installe dans le fauteuil du vieux. Je ferme les yeux.

Tu sais que dans les cas d'extrême faiblesse, ça
fatigue de voir le monde. Je ne suis plus qu'un
amalgame de sensations confuses. Je me dis que le
père Lhours était à cette place, beurré comme un
petit Lu, lorsqu'il entendait les loups de la pleine
lune. A force, ces sales bêtes le hantaient, devaient
lui apparaître dans ses hallucinances de pochard.
Ça se mettait à ressembler à des crises terminales
de delirium tremens. Au fil du temps, son existence recluse virait à l'obsession, au cauchemar.
Que lui faisait-on payer de si grave, à ce forban ?
Ses tourmenteurs savaient-ils qu'il souffrait d'un
chou-fleur en phase finale ? Voulaient-ils qu'il
expie avant de périr de « sa bonne mort » ?

Quelque chose d'indicible, d'obscur, m'assure
que je tiens le « bambou », dirait Béru — le disparu.

Mon instinct de flic « SAIT » que je ne me
trompe pas et que *l'on a voulu tuer Martin Lhours
avant qu'il ne meure !* Le tuer seulement pour
qu'il n'ait pas droit à ce que les braves gens
appellent « sa bonne mort », je te répète.

Tout a une raison, une logique, y compris les
actes les plus fous. Si on a créé pour le retraité une
fantasmagorie aussi élaborée, c'est qu'il y a une
raison valable à la base.

Mais laquelle ? Quand je le saurai, j'aurai la clé
de l'énigme.

On se penche sur moi. Je sens une ombre et une odeur forte. Soulève mes stores. Jérémie est là, appuyé des deux mains aux accoudoirs de mon siège. Il me montre au moins cent dents éclatantes, des dents de piano.

— Je te réveille ?

— Je ne dormais pas : je réfléchissais.

— En ronflant ?

— Je n'ai jamais ronflé.

— Y a un commencement à tout. Peut-être cela provient-il de ton poumon fané ?

Et brusquement sa bouille hilare devient sérieuse.

— J'ai une bonne nouvelle à t'apprendre, camarade directeur.

J'entrave illico.

— Tu as déniché les trucs dont parlait le Rouillé ?

— *Si, signore !* Ils se trouvaient dans une chambre voisine apparemment désaffectée. Et le plus bœuf...

— Buffle ! corrigé-je, par marotte.

— Je vois que tu vas mieux, tes boutades à connotation raciste reviennent au galop ! Dans le fond tu es un Lepéniste qui s'ignore ! Donc, le plus buffle, c'est que Mathias avait tout laissé en état, sans rajuster la lame du parquet.

— Ce qui prouve formellement la haute incompétence de cette vieille pédale de Miborgne ! Il ne se sera même pas donné le mal d'explorer en détail toutes les chambres !

Je vais pour me pencher sur la latte enlevée, mais le tournicoton me rebiche d'importance et je suis sur le point de basculer en avant toute. Le primate des savanes me retient in extremis afin de me piloter jusqu'à un nouveau fauteuil, voltaire celui-là. Après quoi, il place une chaise devant moi, pour me servir de table, et va ramasser le contenu de la placarde. Celle-ci recelait les objets ci-après : un immense portefeuille d'arrière-grand-père, un étui de daim contenant un objet lourd, une barre d'or de dix kilos, une enveloppe de papier kraft assez rebondie.

— Par quoi commence le Sherlock Holmes au poumon composé ? s'enquiert le camarade Y a-bon.

En guise de réponse, j'ouvre l'étui de daim et le renverse. Une superbe rivière de diamants choit sur le cannage du siège. Point n'est besoin de se visser une loupe d'horloger dans le vasistas pour réaliser qu'il s'agit de cailloux authentiques.

— Ça vaut une soupe, un truc pareil ! bavoche le Mâchuré.

— Plus ! enchéris-je. Tu le proposerais à mes amis de chez Cartier, ils choperaient la danse de Saint-Guy.

Poursuivant mes investigations, je déchire sans vergogne l'enveloppe. Elle contient une dizaine de photos en noir et blanc, déjà anciennes, qui représentent un homme et une femme nus en train de s'expédier au septième ciel en port payé. Les multiples phases d'une troussée à grand spectacle se trouvent résumées sur ces images : tur-

lute et minette préalables, enfourchement
cosaque, levrette au long cours, bavouillage à la
langoureuse, coït pyramidal et écrémage final
récolté à la menteuse caméléonesque! Un
complet, quoi! Le couple a dû s'en payer une
vraie tranche d'anniversaire! L'ultime photo le
représente k.-o. sur le plumard, comme désarti-
culé par la furia amoureuse.

Je repasse en revue la troussée. La femme est
jolie, pleine d'une grâce vaguement désuète. N'a
pas du tout la frime à grimper au chibre avec
fougue, encore moins à sucer des asperges.
L'homme, quant à lui, manque un peu de roman-
tisme; mais un mâle en pleine fornique en
conserve-t-il? C'est un grand blond, avec un torse
d'athlète et une biroute de bonne prestance, le
genre de queue que tu peux emmener dans le
monde sans complexes.

Je retourne les images. Chacune comporte au
dos la même annotation : *Adèle Lhours, née de
Magonfle, avec Gérard de Barrayage, le 11 avril
1946.*

En silence, je passe le reportage au Noirpiot.

Il le compulse avec calme, sans sourciller ni
bander, ce qui dénote chez lui un self-control
digne des loges, dirait un maçon de mes amis [1].

N'après quoi, il se lève.

— Je vais téléphoner à la Maison mère pour
réclamer des infos sur ce Gérard de Barrayage,
déclare-t-il.

---

1. A ce propos : la bise à D.D.S.

Reste à inventorier le grand larfouillet. Il sent le vieux cuir de jadis et il est si vaste que tu pourrais te faire confectionner une paire de bottes de cheval avec.

J'en retire plusieurs feuillets jaunis et une photographie. Cette dernière représente l'officier de marine en uniforme de lieutenant de vaisseau, donnant son bras galonné à la même Adèle dont la tête est amoureusement inclinée sur son épaulette, autant que les conventions le permettaient. Elle a rédigé d'une belle écriture aristocratique : *A toi toujours. Dédèle.* Comme quoi on peut avoir du sang bleu et écrire des niaiseries à l'encre noire !

Je moule alors le beau couple romantique pour prendre connaissance des différents papiers.

Premier document :
Je soussignée, Adèle de Magonfle, épouse Lhours, déclare faire don à mon époux, le lieutenant de vaisseau Martin Lhours, de la rivière de diamants qui m'a été donnée par mon père à l'occasion de mon mariage et qui se trouve dans notre famille depuis que l'empereur Napoléon III l'a offerte à mon aïeule Constance-Amélie.
                Fait à Paris, le 29 juin 1946

Second document :
Je soussignée, Adèle de Magonfle, épouse Lhours, reconnais entretenir une liaison amoureuse avec M. Gérard de Barrayage depuis janvier 1944. Ma fille Antoinette est issue de ces

amours. Mon époux naviguant à l'époque de sa conception, l'obstétricien, ami de la famille, a accepté de déclarer que mon accouchement était prématuré.

Fait à Paris, le 18 avril 1946.

Troisième document :

Je soussigné, Martin Lhours, domicilié à Murger-sur-Seine, 23 avenue Marie-France Dayot, sain de corps et d'esprit, déclare que ceci est mon testament.

Je lègue la totalité de mes biens à l'Œuvre des enfants de marins péris en mer.
Fait à Murger-sur-Seine, 78, le 8 septembre 1990.

P.S. Une copie manuscrite de ce testament a été déposée en l'étude de maître Lepoint-Dancrage, 69 Bd de Sébastopol, Paris.

Il n'existe pas d'autres documents dans le vieux portefeuille.

Nous repartons aussitôt après, lestés de notre butin.

— Tu trouves que la situation s'éclaircit ? me demande mon roi mage préféré.

— C'est pas encore la scène du Casino de Paris, mais en tout cas ce n'est plus la nuit, réponds-je.

— Disons que ça ressemble à la pleine lune ? ricane le nègre Blanc.

– Tu as trouvé l'expression la mieux appro-
priée.

On descend l'escadrin plus ou moins grinçant.

– Fais gaffe à la marche perfide, Antoine !

On phosphore « autrement » lorsqu'on a la
gamberge entre deux eaux, tel Bibi en ce moment.
L'existence se pare de couleurs qu'on ne lui avait
jamais vues.

Parvenu au point critique, je stoppe.

– Tu veux bien déclouer le dessus de cette
putain de marche, Négus ?

– Because ?

– Tout le reste est costaud, il n'y a qu'elle qui
déconne.

– Quand un truc se met à foirer, y a fatalement
un point faible au départ.

Pourtant il va au rez-de-chaussée, trifouille dans
la cuisine, finit par ramener une grosse clé à
molette qu'il utilise pour démolir la marche. Dans
l'espèce de petit caisson ainsi dégagé, se trouve un
bloc faisant songer à une batterie d'auto.

On se dévisage, Jéjé et ma gueule, comme si
nous ne nous étions encore jamais vus et que nous
nous affrontions dans une salle des ventes pour
l'acquisition d'une poupée gonflable capable de
dire des cochonneries.

– Qu'est-ce ? il me demande.

– J'ai pas la science infusée, comme dit Béru.

– Tu as vu ce qu'il y a, à côté de ce machin ?
Un gant !

Je file un coup de saveur dans la cache et aperçois un gant similaire à celui décrit par la femme de ménage.

— Montre-moi ça !

Il glisse sa paluche dans le trou et soudain sursaute en poussant un cri.

— Qu'est-ce qui t'arrive, nez-plat ?

Son bras droit pend le long de son corps.

— Je viens de morfler une décharge pour chaise électrique, bredouille mon pote ! Seigneur ! j'ai cru qu'elle m'arrachait l'épaule !

A ma requête, il recloue tant bien que mal la marche délictueuse. On finit par descendre l'escalier.

24

JAUNE D'ŒUF

Le Négus me soutient car je péclote sérieusement. Je pourrais interpréter un rôle de moribond dans un *remake* de *Pont aux Dames*. Ce qui ne m'empêche pas de virguler mon venin à l'endroit (préférable à l'envers) de ce Miborgne qui bâcle ses enquêtes de manière éhontée.

Au moment où nous débouchons sur le maigre perron, je suis saisi d'une pensée culpabilisatrice. C'est, je suis sûr, ma rancœur contre la grosse loche qui la motive. Je me dis, et ça, crois-moi ou va sucer des blennorragies sous les ponts, c'est le Seigneur qui m'interpelle : « As-tu la perfection professionnelle, pour ainsi accabler un confrère ? »

— Qu'est-ce qui t'arrive ? demande Fleur-de-Neige.

— En explorant la cuisine, l'autre jour, j'ai cru remarquer une courette sur l'arrière de la crèche...

— Minuscule et sans intérêt, spécifie le James Bond des savanes.

– J'aimerais m'en rendre compte « de Vésuve », dirait Sa Majesté.

Clopinant, clopinette, je rebrousse chemin.

Le mot « courette » est presque excessif pour qualifier le maigre espace de quelque deux mètres sur six qui s'inscrit entre le pavillon de Lhours Martin et celui de son voisin. Il forme une vague enclave destinée à éclairer la cuisine, ainsi que la chambre se trouvant au-dessus. D'un côté, il y a un auvent démantelé, abritant un reliquat de charbon (remontant à l'époque où la villa ne comportait point encore le chauffage central), de l'autre, les ruines d'un chenil dont le fort grillage est davantage rouillé que l'épave du *Titanic*.

Il recèle une grande niche que des années d'intempéries font tomber en diguedoune. Un écriteau délavé, pratiquement illisible, indique « chiens méchants ». Je me demande bien à l'intention de qui il fut placé là. Qui donc, en dehors des maîtres et d'une éventuelle servante, pouvait se hasarder dans cette espèce de cul-de-basse-fosse ?

– O.K., murmuré-je ; cette fois on s'emporte.

*
* *

T'as des jours plus bienveillants que d'autres. Ainsi, sommes-nous de retour à l'hosto avant Félicie.

J'ai le plaisir de trouver César Pinaud dans ma chambre. Il s'est endormi sur le siège destiné aux

visiteurs et ronfle plus bruyamment qu'un banc
d'essai de chez Ferrari, le buste contre mon lit.

Je commence à me défringuer le plus rapidos
possible quand la mère Crindebide, l'infirmière-
chef, surgit en m'agonisant de reproches au
vitriol.

— C'est à vous dégoûter de votre métier ! elle
mugit. Des sagouins de votre espèce, je n'en veux
plus. Vous cherchez quoi ? La mort ? Soyez tranquille, elle ne tardera plus, avec la vie que vous
menez !

Je te livre un vague digest de sa tirade. Elle sue
en parlant, Mémère. Ça lui dégouline de sous ses
cheveux clairsemés. Elle postillonne tellement que
je vais devoir me changer.

Pendant qu'elle s'écrème la rogne, je me coule
dans les toiles, abasourdi par l'épuisement.
Pinuche en profite pour se réveiller.

— Ah ! te voilà ! fait-il. Où étais-tu ?

— Aux goguemuches, ma vieille Pine. Il paraît
que cela arrive même à des gens mieux nantis que
moi.

Frustrée de sa colère par mon indifférence, la
Crindebide s'emporte dans son antre aux fortes
senteurs pharmaceutiques.

Je l'interpelle alors qu'elle va relourder :

— Si vous rapinez la chose à ma mère, chérie, je
ne vous emmènerai pas dîner chez *Lasserre* à ma
sortie, ainsi que j'en avais l'intention, et ne vous
baiserai pas après le dessert, comme je le fais
régulièrement avec les dames qui acceptent mes

invitations ! Vous avez eu l'occasion d'admirer mon membre : je vous laisse mesurer le manque à jouir que ça représenterait !

Le claquement sec de la porte salue mon impertinence.

Jérémie se marre à plein râtelier. Pinaud, imperturbable, sort un gros clope papier maïs qui doit dater de la bataille de la Marne.

Comme dans mes moments de défaillance, je m'emporte à dache, ne plus penser. Un malade, dans une chambre proche, fait clamer sa téloche qui m'apprend tout sur les mérites de la lessive « All Clean » qu'enlève les taches vérolantes de la vie, et sans bouillir, ce qui me laisse froid, si je puis dire. Toujours nous briser les roupettes avec leur pub de chiasse ! Je l'ai aperçu, le voisin de piaule : on dirait un vieil hareng à reflets verts, au regard pareillement enfoncé et confit. Tu peux me dire en quoi ça peut l'intéresser, la lessive « All Clean », ce moribond ? Ben non : vaille que vaille, il ingurgite sa ration avant d'aller déguster de la racine de pissenlit. On lui lâchera pas la grappe. Et quand on le drivera au boulevard des Allongés dans son pardingue de bois, tout le long du parcours des pubs jailliront des façades bordant l'ultime circuit : « Buvez ceci, Mangez cela, Sodomisez plus à sec ! »

— Qu'as-tu ? me demande l'Ineffable.

Je visionne La Pine d'un œil douanier.

— Pourquoi ?

— Tu as l'air irrité, soudain.

– Ça me fait tarter, avoué-je.

– Quoi ?

– La vie, les autres, moi... Qu'est-ce qu'on est venus foutre sur l'orange bleue ?

Il tire une bouffée (interdite en ce lieu) de sa cigarette antédiluvienne et répond, d'une voix pour évidences :

– Mais, nous sommes venus vivre, Antoine. Vivre ! C'est inappréciable.

Cher gentil ! Bonhomme touché par la grâce et qui prend ça pour de l'eczéma !

Il ajoute, se baissant pour s'emparer d'un paquet enrubanné qu'il avait déposé sous mon lit :

– Je t'ai apporté deux bonnes bouteilles de chez Fauchon : du Bouzy ; ta grosse vache d'infirmière a bien un réfrigérateur où les mettre à frapper.

– La grosse vache n'a pas de frigo pour les voyous ! fait l'ogresse qui entre en brandissant un thermomètre, comme un poilu sa baïonnette.

– Ne vous fâchez pas, chère petite madame, implore La Pine ; je plaisantais. Vous n'êtes pas si forte que cela !

Jéjé en profite pour filer à l'anglaise ; il prétend partir à la recherche d'un taxiphone alors qu'il a un portable en poche. Il veut savoir si les « sommiers » ont déjà trouvé quelque chose à propos de l'amant de Mme Lhours mère.

– Moi, j'ai du nouveau, m'avertit César. Pas sur son amant, dont j'ignorais d'ailleurs l'existence, mais sur la dame elle-même...

Il me sourit béatement. Sourire vide de dentier dans son verre d'eau.

– Il paraîtrait que cette personne a eu un grave accident avant de quitter son époux, reprend la Vieillasse. Ça se serait produit à leur domicile de l'avenue Marie-France Dayot. Une bouilloire qui aurait explosé, selon son mari. Toujours est-il qu'après plusieurs semaines passées dans une clinique, elle est allée habiter chez sa fille au cap d'Antibes et n'aurait jamais réapparu sous le toit conjugal.

Du coup, la nouvelle me requinque.

Tu sais quoi ? J'exulte !

– Pinaud, éminent magicien, tu es au milieu de nous comme la rouge veilleuse d'une église. Ta lumière ne semble jamais forte, cependant elle fait la vérité dans nos affaires les plus ténébreuses. Maintenant tu vas retrouver l'établissement hospitalier où cette digne personne fut soignée. Il me faut tous les détails relatifs à cet accident. Mais embrasse-moi avant de t'en aller, et je me sentirai sanctifié !

Il me tend sa vieille joue trempée de larmes.

25

ŒUF DE FERME

Tu crois, toi, que tu te reposes, dans un hosto? Zob! ma vache. Y a toujours des gens qui se pointent à ton chevet, soit pour t'apporter des soins, soit pour te montrer qu'ils t'ont en grand amour ou haute estime.

Dans mes moments d'épuisement physique, au cours d'une enquête exténuante par exemple, je me prends à rêver qu'une hernie, un kyste ou autre connerie me force à l'alitement. Je m'imagine dans des draps blancs, un tantisoit rugueux, dans lesquels je pourrais connaître un repos infini avec, de temps à autre, une petite diablesse en blanc venue vérifier ma tension ou m'apporter une potion magique.

Ben je peux t'affirmer que la réalité est tout autre, mon brave. On t'arrache au sommeil à l'heure où blanchit la campagne, on te bricole, t'oint, te pique, te sonde, te lave, te manipule, te supposite l'oignon, te tâtepouls, t'abaisselangue, te tensiomètre, te rectaltouche, t'amphigourise.

Et quand c'est fini, au lieu de te laisser récupé-

rer, on te roule à travers les couloirs jusqu'aux
salles de ceci-cela, pour te radiographier tripes et
boyaux, te flasher l'intérieur par tranches (cessez
de respirer ! vous pouvez respirer !), pipi caca
popo. Dites, elles sont drôlement chargées vos
zurines. Et ce colombin, vous croyez que c'est de
la merde, ça ? Vous en avez déjà vu, des étrons ?
Des vrais, bien moulés, appétissants ? Il nous
couve un chouf, ce mec, m'sieur le professeur ! Y
a du sang dans ses selles ; et du noir, du sang
digéré !

C'est la détresse. T'es happé par le « milieu
hospitalier » (on peut essayer de prier saint
Julien). T'embarques pour des contrées douteuses.
Tu dégrades à petit feu, d'une analyse l'autre,
d'un cliché l'autre. Te sens partir en couille. En
sucette ! L'extérieur se fait improbable. Ton passé
n'était qu'un préambule. Ta vraie vie, c'est cette
période liquidatoire. L'embarquement pour cimetière. *End of* haricots. Tu te gaffes que tu sortiras
de là les pinceaux en flèche, les paupières bais-
sées, la braguette parfaitement boutonnée. Si t'as
eu un petit lâcher de vessie pendant qu'on te
saboulait, tant pis ; comme ça, t'auras les couilles
au frais en attendant que le petit Jésus te reçoive !

Et puis alors, y a les visiteurs. Qu'échangent
entre eux des regards définitifs tout en t'assurant
que t'as bonne mine. Les parloteurs pour ne rien
dire à qui tu dois rabâcher le comment que tu dors,
bouffes et défèques. Faut référer de ton moral.
Quoi que t'annonces comme calamités, ils

t'assurent que c'est pas grave, que leurs oncle, ami, patron, épicier ont eu « la même chose » et qu'ils courent, depuis, le marathon de Paris.

Un léger bruit.

C'est m'man qui fait retour.

— Tu as des nouvelles du Gros ? lui lancé-je en forme d'accueil.

Son beau visage plein de sérénité me rassure.

Silencieuse, elle vient reprendre sa place à mon côté.

— Pourquoi ne me parles-tu pas, ma poule ?

— J'ai prêté serment.

Là, je méduse. Elle joue à quoi, ma vieille dearlingue ? Des cachotteries ! Avec son « grand » ! Ce serait bien la première fois ?

— Tu te fiches de moi, m'man !

— Pas du tout. Mais lorsqu'on donne sa parole à quelqu'un, on est lié par son serment. Avant que je fasse ma première communion, mon papa m'avait déjà enseigné cela.

Ça me fait tout drôle de l'entendre prononcer le mot « papa ». C'est pourtant vrai qu'elle en a eu un, elle qui n'a été conçue que pour devenir maman !

— Écoute, soupiré-je, je me fais un sang d'encre à propos de ce gros con de Pétomane depuis sa disparition ; je gis dans un lit d'hôpital, tu ne vas pas me laisser dans l'angoisse ?

— Tout ce que je peux te dire, c'est de ne pas te faire de souci, mon amour.

Son « amour », ça me pique les yeux. D'ordinaire elle m'appelle son « grand », voire son « chéri », mais son « amour », c'est une grande première. Elle n'a dû dire ça qu'à mon dabe, jusqu'à présent.

Je tends la main vers elle. La sienne s'y dépose, blanche mouette. Du bout des doigts, je touche le creux de son poignet, là que bat son pouls. C'est lent, mon Dieu ! Faites que « ça » ne s'arrête jamais.

— Bon, murmuré-je, donc pas d'inquiétude pour ce rouleau de boudin.

Elle ne répond rien. Tu sais que ça l'excite, son mutisme consécutif à « la parole donnée ». Elle me dévoile sans le savoir ce côté « éternelle adolescente » qui ajoute à son charme.

Un temps de silence. Un silence musical. Parfois, le soir, à la campagne, quand l'horizon devient mauve, il y a un moment de répit sur le monde.

Je fais enfin :

— Je n'ai plus qu'une inquiétude à dissiper pour avoir l'esprit en repos...

C'est tout. Je ne casse pas une broque de mieux. J'attends comme un grand dégueulasse que je suis.

Tu parles qu'elle mord à l'hameçon, la Féloche !

— Je peux savoir ce qui te tracasse ?

— La disparition d'une petite jeune fille, style Fleur-de-Marie, à laquelle j'avais demandé de suivre le Gros.

Bataille sous un crâne ! Typhon sur une grande

âme. Puis, enfin, après qu'elle s'est trémoussée
sur son siège :

— Tu ne devrais pas te tourmenter, mon grand.

Je réprime un sourire de victoire sans gloire.

Bon, parfait, j'ai pigé. Je noue mes paluches
sous ma nuque.

Le plaftard me fait chier, ainsi que toute la
pièce qui le soutient. Alors, pour m'en évader, je
clos mes quinquets ; non que j'aie sommeil, mais
c'est plus commode pour gamberger. Le cinéma
exige l'obscurité, tu le sais ?

Doucement, je commence à me projeter un film
de ma composition. Mis en scène par Bibi. Mais
interprété par des protagonistes qui ne sont point
ici !

26

FERME TA GUEULE

L'ambulance fonçait à près de deux cents à l'heure sur l'autoroute du Soleil, sirène hurlante. Un motard de la police qui la suivait depuis un moment vint à sa hauteur et fit signe au conducteur, un superbe Noir en blouse blanche, de se ranger sur le parking qu'on voyait poindre à bonne distance.

L'infirmier obtempéra d'assez mauvaise grâce.

Le gendarme plaça sa bécane sur sa béquille, posément, puis s'approcha du chauffeur qu'il salua aussi brièvement que militairement.

— Vous savez à quelle vitesse vous roulez ? lui demanda-t-il.

— Oui, fit l'ambulancier en faute. A deux cent quatre, car cette caisse ne peut pas faire mieux.

Le policier, un certain Ferdinand Brunet, marié, deux enfants, sentit une étrange rogne se coaguler dans son âme plutôt sereine d'ordinaire.

Il eut le seul mot pouvant convenir à la situasse :

— Papiers !

Sans piper, l'infirmier tira de sa poche une carte barrée de tricolore sur laquelle sa photo plastifiée ressemblait à une tache d'encre de Chine.

Il attendit que le motard en eût pris connaissance et la renfouilla, le visage hermétique comme la bourse d'un Écossais né à Tel-Aviv.

— Je ne pouvais pas savoir, monsieur le sous-directeur, fit le pandore.

— Y a pas de mal !

Sans plus s'occuper du chevalier en uniforme, il redémarra en laissant deux centimètres de gomme de chez Michelin sur l'asphalte.

— Qu'est-ce que c'était ? fit une voix vieillarde depuis l'intérieur.

— Un collègue de la gendarmerie.

L'ambulance retrouva très vite sa vitesse de croisière.

Une cinquantaine de kilomètres plus tard, c'est-à-dire un quart d'heure plus loin, le véhicule pila à mort et, sans toutefois stopper, ralentit à l'extrême.

— Qu'est-ce que c'est ? s'informa le même organe pantelant.

— Une dame sur un pont autoroutier.

— Qu'est-ce qu'elle fait ?

— Elle montre sa chatte aux automobiliers qui passent dessous.

— Comment est-elle ?

— La chatte ou la dame ?

— Les deux.

— La dame se traîne une quarantaine de nymphowoman. Sa chaglatte me paraît d'un blond tirant sur le roux.

Un bruit de carrosserie meurtrie retentit, sur l'arrière ; l'ambulancier reprit de la vitesse tandis que les véhicules s'embugnaient à qui mieux mieux...

— Il suffit de peu de chose pour dérégler l'harmonie du monde, déclara-t-il avec philosophie.

*
* *

Ils atteignirent le cap d'Antibes en début d'après-midi. Il faisait une chaleur de four à chaux et une étrange torpeur paralysait l'endroit. Sur la mer, des embarcations creusaient des sillages blancs, éphémères. Ils durent exécuter quelques rebroussages avant de repérer le chemin des Sœurs Karamazov, voie douillette qui partait à l'assaut du phare.

La villa « La Pigne de Pin » était l'avant-dernière et sans doute la plus belle de la rue. De style vaguement Anglo-normand, avec des colombages et des fenêtres à petits carreaux, elle évoquait davantage Trouville que Juan-les-Pins. Un jardin à la française et une piscine cernée de palmiers nains en confortaient l'opulence tranquille.

La porte de fer forgé étant ouverte, la voiture s'engagea dans l'allée principale, semée de graviers gicleurs, et se rangea devant un perron d'une troisaine de marches. Comme le chauffeur allait actionner la sonnette, la porte s'ouvrit sur l'occupante des lieux.

C'était une personne dont le demi-siècle n'atténuait pas la séduction naturelle. Elle regarda l'homme de couleur en blouse blanche et marqua une profonde surprise qu'accentuait cette ambulance stoppée devant son entrée.

— Vous désirez ? demanda-t-elle d'un ton incertain.

— Il y a, dans la voiture, une personne qui souhaite vous parler, fit l'infirmier.

L'homme s'exprimait avec aisance et son regard intelligent dérouta Antoinette Lhours.

— Qu'est-ce que c'est que cette histoire ?

En manière de réponse, il alla ouvrir la porte arrière du véhicule. Il attendit ensuite qu'elle se décidât.

Mais elle restait immobile, les bras croisés sur sa poitrine, le regard pensif. Elle portait une robe légère, en imprimé dans les tons corail. Un camée important était fixé à un collier de chien en or.

— Si vous voulez bien..., dit le conducteur.

Il avait l'air surpris par l'hésitation de la propriétaire.

— Le docteur Pinaud va vous mettre au courant, ajouta-t-il aussitôt en s'effaçant.

Un vieux bonhomme, vêtu avec recherche, surgit. Il portait un costume de bonne coupe, dans les tons gris, et un chapeau de feutre qu'il ôta pour saluer la dame.

— Je mesure combien cette visite doit vous surprendre, voire vous inquiéter, fit-il, aussi vous dois-je quelques explications.

Il la rejoignit sur le perron.

A cet instant, trois avions de chasse de la base de Salon déferlèrent avec un grondement apocalyptique au-dessus des maisons. Antoinette Lhours fit la grimace et ferma les yeux. Son visiteur sortit alors une sorte de vaporisateur de sa poche, qu'il actionna devant le nez de la femme. Sa promptitude la prit de court. Elle voulut repousser cet objet brandi devant elle, mais ne put le détourner. Le temps qu'elle comprît, elle respirait déjà un gaz dont l'action se montra fulgurante.

Le « docteur » Pinaud eut toutes les peines du monde à enrayer sa chute. L'infirmier se précipita et la saisit par-derrière pour l'empêcher de tomber. Il assura sa prise puis coltina la femme dans l'ambulance.

Un homme était resté à l'intérieur, allongé sur une civière à l'armature chromée. Il eut la velléité de se lever pour aider le Noir, mais ses forces ne répondirent pas à sa volonté et son intention ; il se mit à panteler sur le dur capiton de cuir.

– Ne t'excite pas ! dit l'autre. J'y arrive très bien tout seul. Cela dit, elle a beau bouffer des biscottes et faire de l'aérobic, elle pèse son poids, la mère !

Il allongea Antoinette Lhours sur la seconde couchette et assura les sangles préparées à l'avance. Il y mit une telle énergie que l'homme qui occupait la première couche intervint :

– Ne lui bloque pas la circulation !

– Et puis quoi d'autre ? Tu veux que je lui fredonne une berceuse ?

Quand il eut terminé sa besogne, il ressortit. Le vieillard affable venait d'allumer une grosse cigarette corsetée de papier jaune.

– Tout baigne ? demanda le Noir.

– L'Eden ! Sur cette colline, on est comme préservé.

– Alors, en route !

– Je dois fermer la porte ?

– Toujours, avant de partir. Les temps sont si peu sûrs...

27

FERME TA GUEULE (suite)

— Tu as l'air vraiment mal en point! remarque César Pinaud. C'est une folie de t'être embarqué dans cette croisade, vu ton état.

— Je finis toujours le travail commencé.

Il hoche sa tête chenue.

— Si c'est pour le terminer au cimetière de Saint-Cloud...

— On ne m'enterrera pas à Saint-Cloud; j'ai d'autres projets pour mon ultime résidence.

La Pine a son ineffable sourire de bienheureux en voie de canonisation.

— Au pays natal?

Je ne réponds pas. Je vois un cimetière de village à flanc de colline. L'image de l'enterrement de papa. Le soleil, des toits dans une vallée, des abeilles au boulot sur les fleurs décorant les tombes. Il faisait doux, on percevait des bruits ruraux, familiers. Cette harmonie du quotidien allégeait confusément notre peine. On se disait qu'il s'ajoutait à tout cela, p'pa; contribuait au grand concert de l'Univers, même mort, SUR-

TOUT mort ! C'est une tradition chez les vivants
que de rendre les disparus éternels. Une commo-
dité de nature.

Le Branlant laisse filocher un essaim de
réflexions, puis la ramène sur mon état de santé :

— Quand je pense qu'avec toutes ces péripéties
tu as contracté un début de pleurésie, et qu'au lieu
de te laisser soigner intensivement, tu es là, à
continuer ton enquête à bord d'une ambulance...
Franchement, tu es un garçon pas ordinaire. Je
voudrais avoir des petits-enfants pour leur narrer
tes prouesses.

— Elles les feraient chier, César.

Sur son brancard, la fille Lhours émet des râles
pas avenants.

— Ce que nous faisons est sacrément culotté, dit
Baderne-Baderne.

— Ce qu'elle a fait l'était davantage, réponds-
je-t-il.

Notre véhicule quitte une voie balisée pour
s'engager sur du sol cru. Il tangue et les amortis-
seurs protestent. Il continue néanmoins de rouler à
petite allure. Le Pinaud des Charentes se dresse
contre la vitre dépolie. Entre elle et le toit de la
caisse, existe une bande étroite de verre normal.

— Nous sommes sur une lande tapissée de
bruyère, annonce le guetteur. Tu verrais, c'est tout
mauve. Si j'avais mon appareil, je tirerais une
photo.

— Elle serait floue, le consolé-je. Toutes celles
que tu prends ressemblent à un dégueulis

d'ivrogne quand elles sont en couleurs, et à un déraillement de chemin de fer sous un tunnel si elles sont en noir et blanc.

Notre randonnée marque une halte. Jéjé coupe la sauce et vient délourder.

Il semble satisfait de lui.

— Je peux me gourer, mais ça m'étonnerait que quelqu'un puisse nous retapisser ici. Nous sommes dans une espèce de clairière naturelle que l'érosion a creusée dans les Alpilles. Tu veux sortir de ton appartement, Antoine ? Il fait un soleil sublime et ça sent bon comme dans un jardin de curé.

— Volontiers. Je finis par me faire vioque, dans cette ambulance.

Pinuchet l'aide à extraire ma civière coulissante. Ils me déposent à l'ombre d'arbousiers formant un boqueteau au milieu des roches grises et blanches.

César consulte sa tocante Cartier en jonc massif pouvant subir une immersion de cinquante mètres, ce qui n'est pas négligeable quand on est une loque chenue qui s'enrhume dès qu'elle dénoue son cache-nez de laine.

Je tente de respirer profondément, volupteusement, seulement mes soufflets se sont mis en grève et ne m'assurent plus qu'une respiration de misère.

— C'est l'heure de tes cachets, petit, fait la Vieillerie.

Et il sort une grosse boîte en os de sa fouille.

M'ayant médicamenté, mes compagnons s'affairent pour arracher la dame Lhours du véhicule. En flic consciencieux, le Négus l'unit au montant de son brancard par une paire de menottes.

— D'après ce que m'a expliqué Mathias, murmure-t-il, elle en a encore pour une demi-heure dans le potage avant que nous pratiquions l'injection décisive. On devrait bouffer notre piquenique, propose-t-il.

— Excellente idée, approuve Pinuche.

Ils sortent une petite « cantine » de la tire. C'est la Vieillasse qui s'est chargé de l'intendance. Le Noirpiot fait l'inventaire et annonce avec médusance :

— T'es louf, Pinuche ! Du caviar !

— J'espère qu'il n'a pas souffert dans son conditionnement isolant. J'ai pris également du rosbif et du poulet froids, du brie de Meaux ainsi qu'une tarte aux myrtilles. Comme vin, deux bouteilles de muscadet. J'ai pensé que du rouge nous alourdirait ; avec ce blanc, on n'a jamais la tête lourde. Tu as un peu faim, Antoine ?

— Le contraire ! Allez claper hors de ma vue, j'ai le cœur au bord des lèvres.

— Tu l'avais déjà sur la main, plaisante la Guenille qui profère peu de boutades, mais toujours d'excellentes !

La Pine remise sa seringue, dit :

— C'est moi qui faisais ses piqûres à mon

épouse, à l'époque où elle était sans cesse malade. Mais depuis que je me suis enrichi, elle va bien. C'est inouï ce que les revenus de quelqu'un influent sur sa santé.

Je ne souffle mot. Bien assez d'encaisser ma propre souffrance et de préparer mon interrogatoire. Des grillons râpent le solennel silence de l'été. Le ciel immense, où attendent des étoiles éteintes, se peuple d'hirondelles virevoltantes.

La fille de l'officier de marine a commencé à battre des paupières et à bafouiller des bribes de phrases incertaines. C'était le bon moment : la Vieillasse lui a alors pratiqué son injection, avec beaucoup de doigté. Elle n'a pas paru s'en rendre compte. Bientôt, elle semble se détendre. A la voir ainsi, j'envie son bien-être, pour artificiel qu'il soit.

Jérémie, qui a rangé les reliefs de leur bouffement, branche le Nagra dont nous nous sommes munis. Ça a été longtemps l'enregistreur préféré des journalistes. Il existe désormais des japoniaiseries plus performantes. C'est la loi de la concurrence. La lutte sans fin pour la conquête d'une suprématie obsolète sitôt qu'elle est acquise.

— Où sommes-nous ? demande brusquement la voix d'Antoinette Lhours.

Étrange voix de fillette consécutive à son état second.

Elle nous a fait tressaillir.

— Nous faisons une petite halte, chère madame, répond Pinuchet.

— J'espère être rentrée pour vingt heures. J'ai rendez-vous avec ma petite amie.

On se regarde, le Noirpiot et moi. On ignorait que la dame allait à la pelouse. C'était pas indiqué dans son pedigree ; probable qu'elle se montre discrète.

— Comment se nomme cette charmante personne ?

— Francine ; c'est ma manucure.

— Et elle est jolie ?

— Ravissante. Brune piquante aux yeux clairs.

— Vous raffolez des filles ?

— Depuis toujours. La pension...

Elle a un rire mutin.

— Mais alors votre compagnon avec qui vous partagiez la petite maisonnette des bords de Seine ? Celui qui se fait appeler Igor Makilowski ?

— Serge ?

— Oui.

— Une relation d'affaires, mon cher. Excellente, mais sans la moindre implication sexuelle.

— Quel genre de travail exercez-vous ensemble ?

— Il convoie certaines denrées que j'héberge.

— Vous servez de dépôt à son trafic, en somme ?

— Voilà !

— Trafic de drogue, crois-je savoir ?

— Exactement. La matière première provient d'Orient et nous la traitons sur la Côte.

Elle parle avec un certain entraînement. Ce qui

est frappant, c'est ce complet détachement dont elle fait preuve. Le Rouquin reste le roi incontestable de la pharmacopée policière. Cette truande meurtrière de grande envergure est enjouée comme un faon dans une forêt domaniale. Moralement, elle gambade !

Je reprends :

— Il vous était en tout cas très attaché. Devenir le complice de plusieurs meurtres dénote combien il avait foi en vous.

Elle rit de plus belle :

— Mettons qu'il avait grand besoin de moi ; ça stimule les bonnes volontés.

— Il y a longtemps que vous aviez décidé d'éliminer votre pseudo-père ?

— Depuis la mort de ma mère.

— Il faut dire qu'il s'est ignoblement comporté avec elle, après avoir découvert qu'elle avait un amant.

— Un monstre. Il l'a brimée, ruinée, séquestrée...

— Et gravement mutilée avec ses molosses sauvages dressés à tuer.

— Ah ! vous l'avez appris ?

— J'en suis indigné. Je conçois cette racune qui s'est développée en vous ; pendant des années, vous l'avez mitonnée à feu doux. Dites-moi, cet appareil placé dans une marche de l'escalier ?

— Une invention soviétique, mon cher, faite pour provoquer le cancer.

— Ça a été le cas, je crois ?

— Assez rapidement, ce misérable a été atteint par la maladie.

— Mais ça n'a pas suffi à votre vengeance ?

— Vous plaisantez ! Des années durant, je l'ai laissé aux prises avec le vilain crabe. Il m'arrivait de prendre de ses nouvelles téléphoniquement, pour avoir le privilège de l'entendre geindre et appréhender la mort.

— Si on en arrivait à la plus diabolique de vos idées : les loups ?

Rire de joie triomphal.

— Il a voulu tuer maman en la faisant dévorer par deux fauves. Elle n'a réchappé que par miracle à ses blessures. Ensuite, sa vie fut un calvaire. Elle était défigurée, ses cicatrices la torturaient. En ai-je mis du temps à organiser l'agonie de cet infâme salaud !

— Louer la masure des bords de Seine, installer chez le vieillard un système de phonie capable d'amener l'enregistrement de hordes de loups dans son pavillon, ça c'est de la persécution savante, ma chère amie. Mais pourquoi les nuits de pleine lune ?

— C'est par l'une de ces nuits-là qu'il a tenté de faire égorger ma mère.

— Elle n'a pas porté plainte ?

— Il l'a menacée de dévoiler à l'opinion publique la liaison qu'elle avait avouée par écrit. Elle était d'un milieu où le scandale constitue la pire des tares. La pauvre âme a préféré subir ses tortures en silence plutôt que de voir sa réputation ternie. Ce sont des réactions qu'on ne comprend plus guère aujourd'hui.

— J'ai appris, tout récemment, que son amant, donc votre père, était mort d'un accident de la circulation, dans des circonstances bizarres qui ne furent jamais bien établies.

Elle opine :

— C'est ce misérable qui l'aura supprimé, n'en doutez pas. Il a passé sa vie à assumer sa vengeance.

— Et vous, la vôtre ! ne puis-je m'empêcher de lui faire remarquer.

Je me sens étreint par une perfide langueur. Unique dans ma carrière, les mecs : l'enquête d'un agonique ! Si j'en ressors, faudra que j'écrive tout ça. L'Antonio en délabrance, en exténuance, en mourance, qui patouille encore dans une enquête, parce qu'il l'a prise à cœur et qu'il veut coûte que coûte la terminer avant de jouer cassos. Édifiant, non ?

— Quel machiavélisme, dans cette famille, soupiré-je, prenant mes deux potes à témoin.

— C'est le moins qu'on en puisse dire, appuie le Mâchuré.

— Dans le fond, fais-je à la femme, il aurait tellement pu être votre géniteur.

Réflexion malencontreuse car la voilà qui s'hermétise, son regard se fait dur comme du granit.

— Non ! crie-t-elle. Vous ne savez pas ce que vous dites !

Fissa, je sors les aérofreins :

– C'était une mauvaise plaisanterie.

– D'un goût détestable.

– Pardonnez-moi, madame.

Ça l'amadoue sans doute car sa figure se décrispe, comme l'anus d'Alexandre-Benoît Bérurier pour, avec un vent de force quatre, jouer les premières mesures des trompettes d'*Aïda*.

– C'est donc vous qui avez procédé à l'exécution de ce triste salaud ?

– Et je m'en vante !

– On a retrouvé dans la bicoque du bord de Seine les accessoires ayant servi à défigurer, puis dépecer votre pseudo-père : cagoule, gants à griffes d'acier, combinaison de mécano, drap destiné à protéger le sol du sang résultant de cette exécution. D'ailleurs je comprends mal cette précaution.

– Je voulais emporter avec moi le sang de ce monstre ! Ce drap était un trophée qui me prouvait que ma mère avait été vengée.

Dis, elle serait pas à plat, côté méninges, la belle, l'orgueilleuse Antoinette ?

– Évidemment, lâché-je en grande piteusité.

Un silence plus long qu'un discours de réception à l'Académie. Pour te dire la vérité, je me sens pas bien du tout. Et presque plus du tout ! Un gyroscope, ma tronche. Je la vois double, Toinette. Non : triple !

– Un instant ! murmure Pinuche, il faut que tu boives quelque chose. J'ai sur moi un petit vulnéraire épatant ; il est très fort mais il ravigote.

– Veux-tu que je prenne le relais ? me propose Jérémie.

– Non.

– Jusqu'au bout, hein ? grommelle-t-il.

Le breuvage de La Pine me file une traînée de feu dans la corgnole. J'ai la sensation qu'on me nettoie le tube digestif au lance-flammes.

Un illusoire coup de fouet, certes, mais un coup de fouet ! Alors je reprends :

– Lorsque vous avez eu accompli votre tâche dans la chambre du vieux, quelqu'un a surgi à l'improviste : son neveu Jean-Baptiste, le séminariste. Vous ne vous y attendiez pas. En apercevant le carnage ce garçon a détalé. Vous vous êtes lancée à sa poursuite. Il s'est réfugié chez les voisins pour réclamer de l'aide. Là, vous l'avez tué. Puis ça a été le tour de la pauvre femme qui habitait ce pavillon, ensuite celui de son époux paralysé. Pas de quartier. Il y a eu probablement quelque bruit sur l'avenue car vous vous êtes sauvée par le jardin, laissant un lambeau de votre combinaison après la grille.

Je continue de parler. Ce sont des réflexions que je me fais à moi-même.

– Plus tard, vous êtes revenue avec l'auto et avez chargé le cadavre du neveu dans le coffre.

Je me ressaisis, lève la tête et mes yeux croisent ceux de la meurtrière. Il se fait entre nous une surprenante connivence. On dirait qu'elle est satisfaite de ma démonstration ; presque soulagée que je l'eusse si totalement démasquée.

– Une question, madame...

Mes paupières sont devenues lourdes comme les poches d'un pickpocket en fin de journée. Il me semble voir la dame à travers des verres de myope.

– Une question, réitéré-je.

– Je vous écoute.

– Où se trouvait votre complice pendant cette nuit de cauchemar ?

– Il m'attendait à la maison.

– En rentrant, lestée de votre drap sanglant et de vos accessoires pour Grand-Guignol, vous ne lui avez pas parlé du séminariste mort ?

– Non.

– Si bien qu'il ignorait le macabre chargement de sa voiture quand il est venu observer les lieux ?

– En effet.

– Pourquoi lui aviez-vous tu cet épisode ?

– Il commençait à prendre peur et je craignais qu'il flanche. Il était tellement inquiet qu'il surveillait de loin la bicoque du vieux.

Au cours d'un voyage à Java, j'ai assisté à un concert de cloches. Leur résonance me meurtrissait non seulement l'ouïe, mais le corps tout entier. Voilà que je les entends de nouveau. Je demeure un moment silencieux, submergé par une inertie inquiétante. Cela me cause un profond détachement. Mon corps et mon esprit ont envie de se mettre en congé d'existence.

Allons, le grand, un dernier effort, toutes les pièces du puzzle sont à peu près en place à présent, tu vas pouvoir ranger la boîte.

— C'est vous qui avez tenté de me tuer, à l'hôpital, déguisée en infirmière laide ?

— Exactement.

— Puis-je savoir ce qui motivait ma condamnation à mort ?

— Une exigence de mon compagnon d'équipée. Vous l'aviez vu, lui aviez parlé ; pour sa sécurité, il convenait de vous neutraliser définitivement.

— Mon confrère aussi, l'avait vu !

— Lui, il était dans le coma, donc incapable de témoigner...

Peut-être jacte-t-elle encore ?

Mais une bouillie de sons et d'images s'accumule sur moi. Les grillons et les cigales font un vacarme de cataracte. Je crois déceler un cri de Pinaud :

— Antoi oi oi ne !

Et la mer efface, sur le sable, les pas des amants désunis.

RÉC
OCC
CONC
      LUSION

— N'essayez pas de le réveiller, monsieur Bérurier, le médecin dit que le sommeil l'aide à récupérer. Sa pleurésie a tout compliqué. Il va lui falloir une longue convalescence après une telle épreuve. Mais asseyez-vous, mademoiselle. Votre enquête progresse, monsieur Bérurier ?

– Elle progresse sans progresser, voiliez-vous. Faut dire qu'avec c'coup d'foudre dont j'ai eu pour c'te p'tite mère, j'ai fait passer la passion avant l'boulot. Nous deux, moi et ell', ça été illico la grande amour. V's'avez dû entend' causer qu' j'suis membré comm' un éléphant, mâme Félicie ? Si j'vous direrais qu'y nous a fallu des jours d'obstination et beaucoup d' matière grasse pour arriver à bout d'not' problème. En a-t-el' poussé des cris, la pauvrette ! L'était presqu' chaste, vous comprendrez-t-il ? Enfin, on a bouffé not' pain noir l'premier. Maintenant j'la r'monte comme les Champs-Élysées.

« Mais pour en r'viendre à mon enquête, j'vais m'y coller sérieusement. Comme j'vous l'disais l'aut' jour, j'ai tout d'sute pigé qu' c'tait un' affaire dans mes cordes. Alors j'ai chiqué à la méchante foulure d'manière à m'faire porter pâle. Fallait qu'jeusse ma totale liberté d'mouvements. J'ai même filé d'chez moi où la Berthe mène un bac anal pas possib' avec des hommes qu' j'ai honte d'leur serrer la main ! Un pays à moi, le car-rossier Condœuf, dont j'ai sauvé la mise n'à la sute d'une risque qu'il a eu av'c un tomobiliste grincheux, m'a prêté sa chamb'd'ami pendant qu'il partait faire des vacances à Saint-Locdu-le-Vieux.

« Malheureusement, l'avait mis son bigophone aux japonais absents, si bien qu' ma campagne d'prospectus dans les boîtes d' l'avenue Marie-France Dayot n'a rien donné. Mais j'ai d'aut' pro-

jets et j'arriverai à halluciner c't'affaire avant qu'
l' grand soye à la verticale, foie d'Béru ! Comm'
l'a dit un maréchal : « C'est pas parce qu'on a
perdu un' victoire qu'on gagne la guerre ! » J'ai
déjà gagné l' grelot en trouvant c'te gamine,
mâme Félicie. J'vous l'ai déjà dit, vot' grand lu
avait chargé d'me suive ; comme si on pourrerait,
m'filer l' dur sans qu' j' m'en aperçusse, à moi
Béru, flic d' première classe ! En deux coups les
gros, j'la rambinais et on d'venait cul et chemise,
et davantage cul qu'chemise !

« Mais qui est-ce-t-il, c't'agent qui vient de rentrer ? Garde, vous désirerez ? Comment ? Prend'
des nouvelles d'm'sieur l'directeur ? Vous êtes
quoi-ce ? Ah ! un pays à lui... C'est bien, mon
vieux, c'est très bien, continuez ! »

F F
I
N N

Cher lecteur,

Afin de vous aider à vous procurer les Œuvres Complètes de San-Antonio (24 volumes parus), voici la liste des points de vente où vous aurez la certitude de les trouver.

LIBRAIRIES

FLAMMARION Bellecour, 42, Grande-Rue-de-Vaise, 69002 Lyon.

FLAMMARION Italie, 30, avenue d'Italie, 75013 Paris.

FNAC Bellecour, 85, rue de la République, 69002 Lyon.

FNAC Colmar, 1, Grande-Rue, 68000 Colmar.

FNAC Etoile, 26/30, avenue des Ternes, 75017 Paris.

FNAC Forum, rue Pierre-Lescot, 75001 Paris.

FNAC Montparnasse, 136, rue de Rennes, 75006 Paris.

FNAC Montpellier, Centre commercial du Polygone, 34000 Montpellier.

FNAC Nice, 24, avenue Jean-Médecin, 06000 Nice.

FNAC Toulouse, 81, boulevard Carnot, 31071 Toulouse.

FORUM DU LIVRE, rue de l'Arche-Sèche, 44000 Nantes.

FURET DU NORD, 19, rue Gambetta, 62000 Arras.

FURET DU NORD, 15, place du Général-de-Gaulle, 59002 Lille.

GIBERT JEUNE, 4 bis, rue Saint-Sauveur, 75002 Paris.

GRAFFITI, 23, rue du Maréchal-Joffre, 64000 Pau.

HALL DU LIVRE, 38, rue Saint-Dizier, 54001 Nancy.

LA GRANDE LIBRAIRIE, 17, rue Burnol, 03200 Vichy.

LA GRANDE LIBRAIRIE, 54, rue de Paris, 03200 Vichy.

LIBRAIRIE DE L'UNIVERSITÉ, 17, rue de la Liberté, 21000 Dijon.

LIBRAIRIE DE PARIS, 9 à 11, place Clichy, 75017 Paris.

LIBRAIRIE DE PARIS, 6, rue Michel-Rondet, 42000 St-Étienne.

Librairie du CARREFOUR, 16, boulevard Montmartre, 75009 Paris.

Librairie LES PALMIERS, 86, rue Paul-Doumer, 78130 Les Mureaux.

Librairie LODDE Ch., 41, rue Jeanne-d'Arc, 45000 Orléans.

Librairie MOLLAT, 15, rue Vital-Carles, 33080 Bordeaux.

Librairie SAINT JEAN, 54, rue de France, 77000 Melun.

Librairie SAURAMPS, 4 bis, rue Baudin, 34000 Montpellier.

MAISON DE LA PRESSE, 1, place du Général-de Gaulle, 71100 Châlon-sur-Marne.

Maison Presse SALESSES, 110, rue de la République, 84200 Carpentras.

PAROLES & MUSIQUE, 22, rue du Mène, 58000 Vannes.

PRINTEMPS Haussmann, 45, rue Joubert, 75009 Paris.

SAMARITAINE, 20, rue de l'Arbre-Sec, 75021 Paris cedex 01.

VIRGIN MEGASTORE, 75, rue St-Ferréol, 13251 Marseille cedex 20.

HYPERMARCHÉS

AUCHAN, 26, avenue du Général-de-Gaulle, 93170 Bagnolet.

AUCHAN, La Défense – Centre Cial des 4 temps, 92800 Puteaux.

AUCHAN, C.C. Porte des Alpes, 69000 Saint-Priest.

CARREFOUR, R.N. 3, 77410 Claye Souilly.

CARREFOUR, 21/23, rue Louis-Calmel, 92230 Gennevilliers.

CARREFOUR, Centre commercial Ulis 2, 91940 Les Ulis.

CARREFOUR, Boulevard de l'Europe, 31120 Portet-sur-Garonne.

CARREFOUR, R.N. 7, 77190 Villiers-en-Bière.

CORA, Avenue de l'Europe, 91300 Massy.

LECLERC Espace Culturel, « Méridien » Route de Pau, 65420 Ibos.

LECLERC Espace Culturel, R.N. 1, 95570 Moisselles.

LECLERC Espace Culturel, 14, route de Paris, 44300 Nantes.

LECLERC Espace Culturel, Parvis 3, avenue Louis-Sallenave, 64000 Pau.

MAMMOUTH, Centre Commercial Plein Sud, 63170 Aubière.

MAMMOUTH, Porte de Lyon, 69570 Dardilly.

SUPER M, 129 bis, avenue de Lodère, 34034 Montpellier.

Cet ouvrage a été réalisé par la
SOCIÉTÉ NOUVELLE FIRMIN-DIDOT
Mesnil-sur-l'Estrée
pour le compte des Éditions FLEUVE NOIR
en octobre 1995

Imprimé en France
Dépôt légal : novembre 1995
N° d'impression : 31976